日常

易漕村四年

黄勤 著

广西师范大学出版社

· 桂林 ·

黄勤

笔名四月，一九七九年生，当过小学美术教师，现为自由职业画家。居四川省乐山市夹江县易漕村。

易漕村，一个普通的小村子，在四川省乐山市夹江县。我生活在易漕村，一年四季都在画易漕村。这并不是说，我在画易漕村的一年四季，我认为我是在画易漕村一年四季给我的感受，或者说生活给我的感受，因为我生活在易漕村。

画易漕村只是一个偶然，因为我们相遇了，相遇就是幸运。作为画家，二〇一三年五月，我开始画易漕村。二〇一四年十一月，易漕村开始拆迁，但田地还在耕种，未拆的十来户农家还在生活。二〇一七年三月，所有农家都签了，到处都在拆迁，拆完就是十来天的事情。画了四年的易漕村，之前还存有侥幸心理，希望它继续存在，现在真的就快没有了，有的，都在画里，在文字里，还有在记忆里。我想还会一直画下去，因为它还叫易漕村。

王小波说过："人活在世界上，就如站在一个迷宫面前，有很多的线索，很多岔路，别人东看看，西望望，就都走过去了。但是我们就一定要迷失在里面。这是因为我们渺小的心灵里，容不下一个谜，一点悬而未决的东西。所以我们就把一切疑难放进自己心里，把自己给难死了。"

易漕村是我自己编织的一个迷宫，我故意把自己困在迷宫里，故意为难自己，让自己迷失在里面，于是就有了四年来的三百多幅绘画作品和七万多文字。整理这些绘画作品和文字，我依旧无法走出这个迷宫，我依旧有许多疑难，但是它们闪着微弱的光，让我满怀希望地固执着。

二〇一三年

因为种种原因，我住的小区与那片土地只有一墙之隔，下楼几分钟就能进入田地。每天，我用一些时间走在田地里，让那些红砖房、庄稼和耕种的人认识我、熟悉我。每天，我用另一些时间面对一张漆黑的纸，画画，就像在黑夜中摸索的人，让红砖房、庄稼和耕种的人从土地中一一长出来，这需要一点时间和耐心。肥肥说画里的所有东西都像在沉睡。对的，这些画像极了我的梦，诗意栖息的梦。

许多个夜里，我、肥肥和夏木都在田野里散步，植物和泥土散发的清爽之气让人舒服。经常，我们会问夏木："月亮呢？"她就会抬头仰望。如果没有，她就双手一摊说："没有。"有的话，就把右手举得高高，食指指着天空兴奋地说："那儿。"这是关于敬畏的启蒙。更多的时候，我们不说话，睁大眼睛，慢慢地走，在我画过画的地方停下来，站立凝望，同样的事物在白天和夜里会呈现出不一样的面貌。我们走不了多远，但这足以让我们感觉自己像大地上移动的植物。

一次，肥肥问："画家会不会突然有一天不知道画什么了？"我说："不会，因为画家是有生活的，生活会使人成长，变得深邃，就像土地使植物成长，变得成熟一样。"肥肥说："嗯，你现在的画有六十岁了。"我笑了笑，问："那我六十岁的时候呢？"肥肥想了一下说："可能有两百岁吧。"两百岁的画会是怎样的，我不知道。回家的路上，我猛然发现田地里的玉米蹿得老高，能看到的红砖墙越来越少了。

我需要像那块土地上的庄稼一样，承受下午三点钟的热。还好，我可以移动，我坐在一排玉米和一排红砖墙之间的缝隙里写生，对面是一排红砖墙和庄稼。我画得很快，但我不想让自己画得这样快，我也不知道是什么原因让我画得这样快，好像有什么东西在催我，后来我故意慢下来，我要与快作对，一个半小时还是显得快了点。后来，我想，是不是我对风景写生的掌控力提高了，所以速度变快了。好事啊，对于这种好事我还是将信将疑。

我用一些时间走在田地里，
让那些红砖房、庄稼和耕种的人认识我。

二〇一四年

从去年的十一月起，小区边易漕村的农户开始拆迁，拆迁了几个队，但还是有几个队因为种种原因没有拆迁。拆迁人家的房屋必须断墙卸窗，达到开发商的标准，验收合格后，这些人家才能领到每月每平方三元的临时安置费，所以现在的易漕村有残垣断壁，也有完好的房屋，土地上有生长着的蔬菜，也有丛生的荒草和遍地砖头瓦砾。这还是我每天散步的地方，但和三个月前有迥然的不同。前段时间，遇见一位大妈在自家拆迁后的房前，洗菜杀鸡。她说城里租来的房子住着拘谨，杀个鸡都不方便，还是这房子好。她说在拆迁书上签字，是她一辈子做过的最后悔的事。她看起来很悲伤，身后没有窗户的空框中塞了一些稻草，算是勉强挡风，里面挂了一块帘布，她说她有时还在里面住，习惯了。这都是两个月前的事了，现在的天气越来越冷了，大妈应该住回了城里的出租房，和比她大几岁的老伴过着不安定的晚年生活。

现在，我每天都会带夏木来到田园，夏木认识白萝卜、豌豆尖，认识胡豆苗、胡豆花，她说胡豆花像眼睛。我们在断墙边用油画棒在墙上涂鸦，把瓦砾踩得哗哗作响，她喜欢做一些夸张的表情让我给她拍照，然后急着说，我看看，我看看。这里还是我们的乐园，还是我画画的灵感来源之地。田地中有些水泥楼房，有些断墙，有些树突兀地出现在视线中，就像纪念碑，显得无比有悲剧感。情绪对了，于是我的黑白丙烯就成了一种极好的表达材质，于是有了《田园·纪念碑》这组画。纪念什么呢？纪念曾经的存在，纪念现在的存在，纪念正在消失的存在。我不能说这是失落，因为任何事物都是这样：存在，然后消失。一幢房子，一棵树，一块田地，一个人，乃至我们的地球和太阳。所以，我觉得存在的时候永远是最美的时候。幸运的是，我画下了它们。

　　　　　　　　　　田地中有些水泥楼房，有些断墙，
有些树突兀地出现在视线中，就像纪念碑，显得无比有悲剧感。

我发现我画画的题材不外乎果子、家里的植物、喜欢的玩偶、易漕村、想象的山和旅行中熟悉或陌生的风景，每年都在重复，但是由于时间的力量，每年画出的画都不会一样，也就是说今年画不出去年的感觉，我称之为时间的覆盖力。比如，我用油画棒覆盖卡纸，接着用丙烯覆盖油画棒，再用丙烯覆盖丙烯。但是，众所周知，时间的覆盖力不是万能的，总有一些过去的记忆会跑出来，所以我又会想办法让底层的油画棒透一点出来；时间长了又忘掉一些记忆，于是我又会想办法抹去一些油画棒。最后画面呈现的效果，就如时间覆盖往事的效果，是静的，旧的，黑白的，即使有些斑斓的颜色也是若隐若现的，隐藏在深处的。这就是我最近的尝试，不能说很好，也不能说太差。

田地里隆起馒头似的土包，已长满了草，看得出来它周围的土地被细细地平整过了，等待天气再暖和一些撒下种子。土包是坟，它是土地的一部分，高于土地，指向天空；它是亲人的一部分，和亲人一起享用土地和土地里的植物；它是生活的一部分，和亲人天天相见，年年思念；它是存在，是灵魂的安息地，是似曾相识的笑。我带着夏木在田地里写生，我在安静地画画，夏木也在安静地画画，一旁的老婆婆在锄地，也很安静。老婆婆锄十来下休息一会儿，休息的时候她对着我笑，就小孩子一样，我也对她笑。我问她："您高寿了？"她说："今年八十五了，现在体力不如以前了。"我在想，我八十五岁的时候还会在画画吗？家人在屋前喊话，叫老婆婆吃完饭再去锄。老婆婆说："吃完饭天就黑了。"不过自己又小声说："现在的天黑得要晚些了。"我收拾好画具领着夏木回家的时候，老婆婆还在锄地，在她的身后是坟。坟是土地的一部分，是农民最后劳作之后的休息地，是农民一生最完美的诠释，如纪念碑。我不忌讳画了它。

坟是土地的一部分，是农民最后劳作之后的休息地，
是农民一生最完美的诠释，如纪念碑。

易漕村，二月的时候油菜花就开了，还不是开得浓浓密密的那种。找一块油菜田边的荒地画画，可以待上一天。嫩黄色总是惹人喜欢，它是一种很柔软的颜色，像一个女人挠动着你的心，所以春天容易春心荡漾。累了就躺在地上闭着眼晒太阳，看在春风中摇曳的油菜花，蜜蜂在油菜花间嗡嗡响，但看不了多久就会闭上眼睛，小憩片刻又会起来画画，大好春光，实在是舍不得睡着了。肥肥、雅欣和夏木在油菜地里捉迷藏，雅欣还使诈，边找边喊："夏木，乒乓球在我这儿。"夏木就答应了。肥肥总是不容易被发现，因为她穿了一件黄色的外套。画完画，得到夏木递上的一个有着淡紫色小花儿的花环，太阳隐去，微风吹来，诗意就来了。东坡兄说，诗酒趁年华。写生也要趁春天。

日

小区边的田园，没有拆的房子还是那么安静，几乎所有的田地还种着蔬菜，农人们还是耐心地一遍遍平整土地，撒上种子，清理杂草。胡豆早开花了，怕是快要结胡豆了，豌豆尖被掐了一次又一次，还在不停地冒嫩叶。昨晚下过一场雨，天一亮雨就停了，显得很清明。画中的农家院子里有一棵枇杷树，一到夏天，满树橙黄枇杷。其实在每个农家的房前屋后都种着植物，有些是枇杷有些是樱桃，有些是桑有些是竹。

一旁看我画画的大妈说，什么时候也画画她家的房子，怕是快拆迁了。一想到拆迁，我就想到有一家的樱桃又红又甜，每次只能摘到伸出围墙不多的樱桃，那树实在太高了，到现在都没吃上几颗，以后更是没有了，可惜了。拆迁后，树的日子很难过，我的日子也会难过一阵子。

常

2014-02-26

雨下了一整天，在春天不易，细雨斜斜地织，看来出门写生是困难了。还是去田地里走了一圈，站了一阵，看看蔬菜和青草，心情豁然开朗。回家画了一幅画，看看，是不是湿气浓重？这条路就是我和夏木经常走的，我把树后的断墙隐去了，剩下几棵树凸显在地平线上，怎么看都显得有点孤单。

雨终于停了，下午可以出门写生。我身边是芹菜地，被剔除的芹菜叶堆在一起，散发着清香。一些白萝卜也被拔起来，躺在地里，没人要。一个小孩来看我画画，看了一会儿走了；一个稍大一点的孩子来看我画画，看了很久，走了；骑车路过的大叔也停下来，看我画画，说画得好；房子的主人也来了，说自己家的房子画出来真漂亮，是个纪念。

2014-03-13

樱桃花总是匆匆地开放，匆匆地凋谢，因为它要忙着四月份结果。结果也匆忙，还没吃上几颗，就要等下一年了。所以好多人都喜欢吃樱桃，连夏木每次经过樱桃树都会说，我喜欢吃樱桃。几棵樱桃树的主人家都拆迁了，它们在破败的房前或院里，还是同样开着花，也会同样结出樱桃，就像姑娘小小的乳头。我心想，今年总可以看得着也吃得着了吧。

我在画拆迁房前的樱桃花，几位婆婆就在不远处聊天，聊着天气变化，聊菜价的多少，聊邻家的媳妇，聊我和我的画。似乎，聊着聊着她们就满脸皱纹，一辈子就过去了。

这一树粉红的花，不是桃花，是李花。开完花，长出的叶子也是红的。邻居的大妈说怎么每年只看见一树的红叶，没见李子呢？原来李子也是红的。听李树的主人说，麦收季节，它会结上三四百斤红皮李子呢，甜酸味的。

日

带着夏木走在田园里，有时我会看着一棵树或是一堵墙发呆，夏木就会问我："爸爸，看什么啊？"我就会说："看树啊，看红墙啊。"她也会多看几眼，我想她也会发现美。

这些天都是早晨出门。我在小区边的田园里画画，农民在田地里耕种，各自都安安静静。我的周围是鸟语花香，每天都是美妙的。我画树，画断墙边的树，以前这些树都在各家的院子里，只能看见露出墙外的一些枝叶，如今，它们都独立了。我发现有一棵樱桃树已经在结果了，是一些小小的青果。

常

一日下午，春日暖阳。我在一条少车的公路边画油菜花，新的油画框回来了，50×65 cm 的。一边画一边有路人来围观，一些是放学回家的学生，一些是开车路过停下欣赏的人。画到尾声的时候，一辆黑色的小车停在路边，一姑娘走下来问我："画卖吗？"我说："卖。"她说："好，那么半小时后来取。"后来，这幅画卖了大几百。算起来，这是我卖出的第一幅油画，可惜的是，没留下一张照片。我站在阳光下，望着急速驶去的车，有点怅然若失，第一次画完后，画架上没有画。

　　我画树，画断墙边的树，

以前这些树都在各家的院子里，只能看见露出墙外的一些枝叶，

　　　　　　如今，它们都独立了。

在杨柳村的河边，我像春天的树一样在慢慢发芽，我把发芽的心情涂满整个画布，从黎明到黄昏，我和农民在一起默默耕耘，心满意足地守着自己的一亩三分地。他们休息的时候，看我画画；我休息的时候，看他们择菜。阳光滚烫，流水无声，一天很快就过去了。离开的时候，我和农民告别，告别中饱含对劳动的尊重。我知道，明天，我还会像农民一样回到自己热爱的土地里。

已过午饭时间，老乡来关心我，怎么还不回家吃饭，我说不急，画完这幅就回去。一位老婆婆就在我身后高高的河堤街边坐着，她能看见我，我转过身去也能看见她，好多次转过头去她都在。她坐了很久，一动不动，像一尊佛。

面对山，面对树，面对农家和农家周围的田地，我有自己固执的想法。我要置身其中去画画，我要让你们也置身其中，你会看到自然的一面，还有自然的另一面——我。我将成为一个自然主义者，一个植物性的人。生活的美好在于发现美好，但我还表达得不够好，我在耕种，就像刚把种子撒在土地里，然后它发芽、长大、开花、结果，一切都急不来，拔不高，这是个过程，这个过程让我享受。枣树四月才发芽，铁树百年才开花，我也有我的长法，合乎自然才是最好。最后，将让你们喜欢上一个美好的我和我发现的美好。或者，你们会失望，但我不会。

现在，我还不能安安心心地坐在家里制作一些画，我想我是那种需要在自然中写生创作的画家，就像当年的印象派画家那样。我需要有勃发和生机感的画面，写生总不会太完美，总有这样那样的遗憾，但我不喜欢僵化和程式化，虽然，那样画出来的画会更完美、更讨巧些。我希望我的画能和生活统一。一直在说要艺术地生活，我想，我正在过这样的生活。

我在一个农家的后面画画，画完第一幅把画具放在大妈的屋子里，去城里吃饭，这让我轻松了很多。画间休息的时候，端杯水在田里走走，大妈正在把一杆锄头杵实，她身边的蒜苗长势正好。我们闲聊，她的父亲也是画画的，工笔画，但去年走了，八十九岁。她的侄儿也是美术系的，毕业后去做了村官。我告诉她，我辞职了，主要是太喜欢画画了。这些人生大事被我们不动声色地谈论着，就像一阵烟。我把一杯水喝完，大妈继续把一块地翻松。我说："看你也挺忙的，没有休息过。"她说："也不算忙，地不多，整天忙东忙西的，一天就过去了。"我想，我也是这样。今天画了三幅画，是够累的。后来天下起了小雨，赶紧收拾好画面，打包好画具，回家。

四月的第一天，还是春天，我看了看日历，五月才立夏。上午阴天，下午有了些薄日。画完画就躺在干竹叶堆上休息，用帽子遮住眼睛，或是半躺半坐着，看看河水。蟋蟀在漫无目的地爬爬跳跳，天空中有六架直升飞机在列队飞行，巨大的轰鸣声掩盖了一切轻柔优美的鸟鸣。老两口在不到十平方米的地里已经忙碌了一天，先是把地平整好，覆上膜，这就用了一上午的时间。午饭后，他们把旁边一块地里的嫩莴笋移植过来，老婆婆把莴笋种得整整齐齐的，每种一棵都会用一截短铁棍量量间距，老头则是挑来粪水，一棵一棵地细心浇灌。我在布上画，他们在地上画，当我画完两幅肃穆的画离开时，他们还没画完。

今天是个大晴天，才想起昨晚能看见满天的星星。逆光中的河岸很美，树有自己的姿态。现在，我乐于去画不同形态和颜色的树，我喜欢它们。杨柳村有一棵树的姿态很美，颜色也很漂亮，但我一直没有找到合适的位置画它。在同一个地方，我已经待了三天，还是觉得画不够。在这里，我甚至不需要收拾画具，中午就可以安安心心地去城里吃饭，在同一家饭馆吃了三天。我也可以旁若无人地做任何事情，包括睡觉和撒尿。一块地里长满了葱，大妈在拔出一些葱。大妈说撒种的时候多撒了点，怕天气冷有些长不出来，没想到，气候好，现在长得太密了，分点出来种。我在一旁捏一小团泥巴，掰散抛进地里。农活总是忙不完的，而且一天下来也看不出忙了些什么，我吃完饭回来，大妈还蹲在葱地里。

常

一早起来就发现下雨了，地上湿漉漉的。在家看书等着雨停，雨没有停，但很轻柔，我还是出门了。村里的农民们可没有因为下雨而停下手中的农活，大妈还在分地里的葱。雨虽然很小，但一直在下，我在大妈家门口的屋檐下画前面的院子。院子不大，有一棵很大的黄桷兰，树下的墙角边有一条黑色的狗，狗很温顺，见我也不叫，趴在地上睡觉。黄桷兰很难画，后边的红墙和灰墙很难画，半湿的水泥地也很难画，上午没画完，吃完午饭回来接着画。下午的雨越下越大，屋子里大叔在看电视，电视的声音开得很大，是《笑傲江湖》，令狐冲和东方不败。调整画面花了很长时间，算起来这幅画画了四个多小时，还算满意。我发现我有一种本事，善于把一幅一开始画得不顺、不被看好的画最后收拾得让自己满意。我戴着帽子冒雨骑车回家，看见地里还有农民，他们没戴帽子，不紧不慢地干活。

有些风景是注定要去画的，但选择这天画还是那天画是不一样的，所以每幅画都是注定的，注定是这样而不是那样。

在我的意识中，老人应该少烦恼了，其实，老人也有烦恼，老人的烦恼也很实际。我在画画时，听见一位妇女在江边打电话，对电话里的朋友倾述，大意就是某某人不懂处事，斤斤计较，以后不和这人来往了。我想都这么大岁数了许多事情还看不穿，活得不值啊。我现在的烦恼不多，都是画画方面的烦恼，总觉得时间不够，总觉得进步不大，总觉得缺少交流，总没有更多时间看书，但这种烦恼很甜蜜。奇怪的是，我没有卖画的烦恼。有一天下午画砖厂，最初吸引我的是那面斑斓的墙，然后是那条向远方蜿蜒的黑路，最后是那些树和草。在画厂房后面那排暖灰树林的时候，我才感到愉悦。最后，画得很平庸，还被麦蚊咬了一手的红点，又痒又难看。

有一天下午画砖厂，最初吸引我的是那面斑斓的墙。

日

采石场里的机器和残留的建筑显示着采石场当时的火热，颚式破碎机和滚筒式筛石机被固定着，曾经的激情轰鸣，现在终归于平静，孤独又美丽，就像人，人老的时候也该是这样。石头还是石头，遍地都是石头，似乎永远也采不完，就像石头缝里的草，一到春天就疯长。江堤上有大大小小的废弃油罐和机器，日复一日地迎着江风，浑身锈迹，从江堤上蔓延下来的植物像是锈住了，看不出季节。采石场，机器躺在石头上，石头躺在江边，时间也躺在江边，江水警示着时间，人不过是时间的点缀。它们都没有被谁关心，除了我。这里不会出现其他的写生者，整个县城恐怕也找不出第二位写生者。这周来这里走动的人少得可怜，偶尔，会有一辆小车开来停在这里，里面可能是一对情侣，也不用下车，打开车门在车里逗留一段时间，然后离去。有些故事是隐秘的，有些美是不易被察觉的，需要用点心、花点时间去了解、去体会。

朋友给我寄来几幅油画，说是废画，随我处置。按我的性格，废画也要珍藏。每幅画上都有签名和日期，日期具体到了某一天，有些画上还有小飞蚊和一些土粒，画布的边缘还有沾着颜料的指纹，这些都是供我联想的线索。更不要说，这些画带着画家的温度和情感，即使是废画。废画有废画的理由，我揣测着朋友的心理，可能觉得构图不佳，颜色不舒服，或是自己的状态不好，画面无感染力，等等。其实，每幅画都有精彩的地方。当然，废画也有无数改变的可能，可以变成另一幅画，可能会是好画。我这样琢磨着，这是学习的过程。看到废画的同时，我也想到了画家成功背后的艰辛，废画三千也不为过。

这世界上好多东西都静静地躺着或是在静静地生长，大多数的美，我们都错过了，我们遇见的只是极小一部分。我们去发现，去关照，被感动，被震撼。我幸运，来到了采石场，面对它们，我欲哭无泪。

采石场的江堤上，有挖掘机和大卡车。挖掘机灰头土脸的，但无比骄傲；大卡车的车身是旧的，车头却是新的，嫩黄嫩黄，总是向下低着头，一副休息的样子。有一间修理工具房和一间看守人住的房子。看守的老头守着江堤下的沙和江堤上的车，一个人做饭吃饭，一个人静守时光。我喜欢旧的、落寞的、孤独的东西，"再美的花朵，盛开过就凋落；再亮眼的星，一闪过就坠落"。画采石场就像是在画我自己，那种氛围，那种心境。我把自己藏在被遗忘的角落，慢慢地，我希望将它们呈现得完美而催人泪下，像一朵花，像一颗星。

木材市场小区旁，易漕村已经被拆过的房子还残败地立着，没有拆迁的人家依旧过着以往的平静生活。步行不到十分钟就穿过易漕村的某一条街，这条街是木材市场，被碾得粉碎的水泥路两边有几家木材加工作坊，锯木头，切木料。长长短短、大大小小的木料横躺竖放在路的两边，还有各种旧木料，大多是拆房子收来的，房梁房柱，门窗床板，随处可见，等待着再次需要它们的人。除此还有几处破旧的小区宿舍和老式单位，还有一家冰激凌批发店。说是市场，有些老板并不一直守在这里，用一块纸板写上"出售木料"和电话，挂在木料上就了事。有些也坐在自己门口，三五一堆聊着天，遇到生意来了的时候，就得忙上一阵子，搬木料上货，那可是体力活，男女一起上。这个市场顽强地存在于县城中，我希望它存得更久一点，大多数时候，我出门或是回家都会故意多绕一段路经过这里，我喜欢木料的味道，我喜欢那些错落的形状和让人无限遐想的色调。我慢慢走，像是走在一种过往中，从今天走向昨天。这里有一种寓意。我需要在文字中酝酿情绪，然后把这种情绪通过视觉形象用绘画的语言表达出来，这是一个完整通透的过程，让人很享受。"与那些注定成功的事业相比，我偏爱那些看起来要失败的。"

常

木材市场不是死的，是鲜活的。经常去木材市场就会看到，人们推着自行车，骑着货运摩托车，开着小卡车来这里，把看中的木材拉回家。昨天看见一扇黄门斜靠在前边，今天可能就换成了一扇枣红门；今天还画过一堆木材横躺在路边，明天去可能就只剩一片有黄褐色木屑的空地。木材市场每天都在变化，木材在这里转场，最终成为房子的一部分，和人朝夕相处，然后成为人生活的一部分，抬头是梁，进屋是门。它们有着自身的价值。有时带夏木去木材市场，在巨大的松木上走平衡木，拉着她的双手让她往下跳，或是在新鲜的细木屑边做游戏，这里也是我们的游乐场。这周画得相对慢一些，更多的时间被用于思考，思考的过程就是说服自己的过程，说服了就提起笔修改，没说服就成了现在看见的样子。人对一幅画的满意度总是相对的，境界这个东西很玄，但实际上是存在的，没有止境，所以要画下去。我画画似乎没有什么目标，唯一知道的目标就是要画下去。除了画画，有时也不得不做一些自己不愿意做的事情，世界上的事情往往是这样，这样也好，能显出画画的美好。

日

房梁房柱，门窗床板，随处可见，等待着再次需要它们的人。

不止一位朋友问我，四川的天空总是那么灰灰的吗？我理直气壮地回答，是，就像一块灰布。之后，其实有点心虚，毕竟还有不是灰色的时候。把天空画成灰色是想表达一种情绪，这种情绪不那么积极，是种压抑下的平静，这是我心情的反映。画了两幅不一样的木材市场，主要是天空不一样。"维持抽象的形式技巧和具象内容之间的平衡，以求凌乱中的秩序美。"这是我对画面的追求，我想生活也应该是这样吧，以求凌乱中的秩序美。这几天重看阿乙的小说《灰故事》《模范青年》《下面我该干些什么》，觉得它们依然能够打动人心。越来越发现，想用文字或绘画语言去打动人心是一件很难的事情，所以每次面对一张空白的画布时，我都需要巨大的勇气，大量的时间被无为、踌躇、焦虑、空白的等待消耗，直到画面出现在眼前，签好名，很久后，仍然会在不安中偷偷地瞥一眼，那眼神叫怀疑。

楼顶花园的向日葵开了，十几个花盘朝向不同的方向，这还是五月埋下的瓜子。最近，我喜欢早上去青衣江边，没有时间的限制，可跑可走，可快可慢。江堤上有用鹅卵石和地砖镶嵌而成的路，那是中老年人喜欢走的，我喜欢去江边的土路，那里离江近。江边有很多丛杂草，大多数的钓鱼人就隐在里面。路边停着各种车，有普通自行车、山地车、摩托车，有次我还看见了一辆奥迪A6。钓鱼的人好像都不喜欢戴帽子，站着或坐着，有些可以在湿热的环境下待上一整天。我几乎没见过女人来钓鱼，女人怕晒，更喜欢傍晚在滨江广场跳舞。想起有次在饭桌上，一位老师讲他女儿在英国的见闻，英国人钓鱼是空手来空手归，上钩的鱼全部放生在水里，想吃鱼的话去超市买，超市卖的鱼是剔除了鱼刺的。散步的尽头就是采石场，在这里可以更好地理解"夹江"的含义，两山对峙，一水中流。不过山总是那么不甚分明，四川夏天的天气经常如此，感觉整个世界都笼罩在一片湿气中，看不见太阳，却很热。沿着青衣江有很多景色可以入画的，相同的景物在不同的天气中也会有很大的差别，画青衣江的感觉，就像江水在心里缓缓流淌。

日

在这里可以更好地理解"夹江"的含义，
两山对峙，一水中流。

易漕村拆迁快一年了，一年来没什么动静，残墙仍立，砖瓦遍地，只有野草在寂寞地长，野花在寂寞地开，之前大片的砖头瓦砾已被野草野花占领，最高的已快漫过头顶。秋天的蚊子很多、很毒，即使喷了大量的驱蚊花露水，一幅作品画下来，腿上、手臂上还是不免被叮咬。在一片荒芜中，画一种情绪，这段时间画画时听的是《后会无期》和《平凡之路》，我喜欢伤感和怀旧，秋天就应该这样。画面的开始，我用缠绕的线条铺陈着，就像在释放，然后开始慢慢地收，像是在聚气，直到把所有事物聚在我的手中、心里。

说的是"走自己的路，让别人无路可走"，说的是"世界上本没有路，走的人多了便有了路"，说的是"条条道路通罗马"，其实是在说"走别人没走过的路，然后通向罗马"；而现实是，要么重复别人的路，要么到不了罗马，要么干脆就迷路了。我说的是艺术这条路。现在，我每天经过易漕村两次，路不长，人稀少，给我足够的理由慢慢走、慢慢看，然后我走进自己的画里，每天画一幅，画里还是易漕村，但又不是那个真实的易漕村，只是一种情绪，但画画本身是快乐的，没有荒芜感。因为快乐，所以会一幅幅画下去。"你就根据这个需要去建造你的生活吧，你的生活直到它最寻常最琐碎的时刻，都必须是这个创造冲动的标志和证明，然后你接近自然。你要像一个原初人似的练习去说你所见、所体验、所爱以及所遗失的事物。"这是诗人里尔克说的。

今日秋分，看样子会下一整天的雨，感觉是雨下坠的线把昼夜平分了。易漕村的今天，光线在暗，所有的东西在熟，像步入中年的人，回首是不堪，前行是不忍，就尴尬地夹在时间的中间。有时，真希望易漕村保持现在的样子，残垣断壁，砖瓦遍地，花草树木疯狂地长，生命自由，无拘无束，一年又一年，我就一幅接一幅地画。可我知道，易漕村不会永远这个样子，会结束的，结束后是新的开始，但开始往往意味着更艰难。

真希望易漕村保持现在的样子，残垣断壁，砖瓦遍地，
花草树木疯狂地长，生命自由，无拘无束。

2014-10-24

每天早晨九点我送夏木上幼儿园，然后去青果街吃一碗牛肉面，再走到易漕村口，也就是二十分钟的时间。村口路边，总能见到一个中年发胖的妇女坐在竹椅上，她的脸惨白，那抹得过厚的粉随时会唰唰地往下掉。有时还有她妈妈或者老公，目光呆滞地听着从手机里放出的老歌，一副无所事事的样子。几乎在任何时候经过那里，他们都在，看着让人发慌。经过那里对我来说是最尴尬或者最无趣的一小会儿，之后就好了。废墟中的易漕村，还有田地，还有农人在耕种，有时会看见一个老头在菜地里忘情地唱着民歌。残垣断壁在慢慢变少，因为有人会花一整天时间把墙上的砖头卸下来，然后挑走。荒草继续荒，但似乎没怎么长了，快冬天了啊。一家院里的黄桷兰被挖走了，怕有二三十年的树龄，连断枝残叶都散发着香。穿过易漕村也就是十来分钟的时间，这是我一天的开始，这种开始很重要，我在这里聚气，然后走进不大的房间，画画，把自己散发开来。

今日立冬，天阴降温，白天越来越短。对于一个每天画七个小时以上的人来说，白天就短得更让人着急了。感觉构思起稿时还是清明的早晨，整理调整的时候就是渐暗的傍晚了。中间那段时间悄无声息地就过去了，只有画记录了时间。天黑尽后，肥肥就去滨江广场跳舞，当然是广场舞。我和夏木就在广场上玩，有时我们也立着不动，夏木看跳舞的人，我看暖蓝夜空中灯光映射下树的边缘，我们像两座静默的雕塑。

2014-11-13

这里的蜘蛛比人还多。树与树之间和树杈间到处是蜘蛛，有红屁股、黄屁股和绿屁股蜘蛛。空中悬着的枯叶，不落不升，不用说，一定是挂在了蜘蛛网上。我看见一张蛛网上粘满了小麦蚊，蜘蛛也不动一下。这里是蜘蛛的乐园。

一部叫《九首歌》的英国电影，影片接近尾声的时候，也是演唱会散场的时候，音乐停止，灯光暗下，人群在散，大多在沉默，只有少许的喧闹声和脚踢易拉罐的声音，心情也在散，那是值得流泪的一幕。天下没有不散的场，包括聚会、体育场、电影院、菜市场、工厂、建筑工地，还有人本身。散场意味着结束、终了、死亡或永恒。散场后的事物是静止的，少人或无人，有一种空寂落寞，灰尘在往上面盖，阳光在晒，雨水在冲刷，自由解脱了。散场有一种美感，无论在场时多么热闹繁华，多么枯燥乏味，多么沮丧难熬，散场后都烟消云散了。散场后，更能看清事物的本质，也是时间的本质。当然，有些形式的事物不会散场，如莫奈的草垛，梵高的向日葵，塞尚的苹果和莫兰迪的瓶罐，它们始终和时间在一起，或者说它们打败了时间。

日

每天晚上站在滨江广场上，我的耳边是此起彼伏的广场舞音乐，眼前可看的就是这些树。夜色灯光下的树失去了本来的颜色，它们呈现出的已不是树本身的形态，可能是一座山、一团烟、一个人或是别的什么东西。当一种事物不再是自己，就给人一种陌生的感觉，是荒诞，是隐喻，是象征。它会吸引你，让你疑惑，让你着迷，让你成为一个探寻者。在纷繁杂乱的世界里，总有一些东西值得你去凝视，我画下我的发现，这里面可能有世界的真谛，也可能什么都没有。

常

2014-12-21

今天的阳光和我在汕头时的一样好，我们走在杨浩村的田园里。农家竹篱笆内养着鸡和鸭，夏木看着这个场景说了一段话："鸭子和公鸡在一起玩，它们是好朋友，公鸡在甩头，鸭子在拍翅膀。哈哈，一只公鸡跑出来啦，它在找好吃的了。"当我用油画棒画画时，夏木也在一块洗衣石板上画画，时不时跑来观察我，说只看得见我的一只耳朵，说我胡子是黑色的，说我眼睛里有白色，在我的盒子里找白色油画棒，她是在画我。当我们回家时，还能看见斜照进客厅的阳光，爸在厨房里做红烧鱼。

二〇一五年

画面中出现的物，我们可以忽略它们作为物质名称的存在，仅仅把它们看成一些绘画元素，比如点线面，黑白灰。但有些物的意味太强烈了，它根深蒂固，不容你视而不见。物与物之间是有联系的，特别是出现在画家画面中的物，是经过精心选择的，有时需要你去联想，有时不许你联想。这时，作为画家，在画画时就遇到了难题，是让观众联想呢，还是不许观众联想呢？实际上，我也是摇摆不定的，反正我在画这组画时是联想过的，带着意味画的，至于什么意味，不可言传，至于你们怎么想，我就管不着了。

这些天，我故意把自己局限在一个不大的空间里——楼顶花园，就像给自己设了一个局，出了一道题，让自己在其中画画。说是写生，其实是在创作，从最开始自以为是地觉得画遍了到后来画不够；从最开始发现围墙、花坛、鱼池、植物和晾晒衣物本身的美，继而发现形式美、抽象美，再到后来发现它们之间的某种联系或隐喻；从最开始的丙烯油画棒发展到拓印拼贴综合材料，这种发现是一种进步，这种进步是自觉的，不会退步。比如，发现围墙和树，面和线，静止和生长，固执和另一种固执。比如，发现内衣，有时是欲望，有时会变得虚弱无力，有时又是幻觉中的女人，有时又只是内衣，它和不同的物在一起会有不同的意味。这几天画画，从某种意义上能够说明画家可以在任何地方发现美，并且用绘画语言表达自己的感受。当然，楼顶花园还没有画完，明天继续。

楼下路边的那个棚店已经搭起好久了，大概有两个月了吧，卖些冬天的衣物鞋垫。很早就挂出宣传说要收摊了，但一直不见动静，价格一降再降，昨天看见红纸黑字写着"最后一天"，这"最后一天"估计是写给最后一天光临的顾客看的，而不是我。一块叫"卓鸡肉"的招牌高立着，沿箭头指向的方向望去，一片灰色，让人茫然不知所措。招牌立杆后有一截烂围墙，围墙后是一排垃圾桶，经常有人在围墙后小便。如果屏住呼吸快速地通过，将进入易漕村的田地，然后就可以享受有着残垣断壁的田园气息了。

晾衣绳上的木夹子里是空的，木夹子夹住的黑手套里是空的，花园里黄桷兰树枝上是空的，其实它枝叶繁茂，叶在画外，我没有容下它。

日

楼顶花园有些许生活的气息。

2015-01-08

天飘小雨，在窗边画腊梅。瓶中的腊梅不是从楼顶花园来的，楼顶的腊梅自从三年前爸修过枝后，开的花一年比一年少，现在被移栽到了花园的最角落，看上去就像被遗弃的干树枝。买来的腊梅花朵嫩黄，赏心悦目，人没有理由不喜欢。雨把我逼到了一个更小的空间里去画画，那就画吧，还画了窗外的盆栽和电视机前的毛绒熊猫。

下午雨天了，还是去楼顶画画。想起那棵被遗弃的腊梅，竟然有几点嫩黄，这些点是喜悦的，总觉得比家中花瓶里的有生机。偶然，有些鸟停在围墙上或是急速飞过，在树枝上停留片刻，心情顿时变好。楼下农家后院草草围出的养鸡院，一把破旧的遮雨大伞下是鸡舍，杂物成堆，看上去乱七八糟的，地面的一半铺着绿花花的菜，一群鸡埋着头，总是吃不够。从墙角逸出的树可以遮住半边人行道。围栏外更糟糕，杂草和垃圾，但在我眼里无非就是点线面，黑白灰。想想，这个世界也不过如此。

早晨有雾，风大。肥肥临走前说："外面冷，就不出门画了吧。"我说："没事，习惯了。"昨天下午我带着夏木出门买糖，顺便就在易漕村转了一两个小时，踩踩点，酝酿一下情绪，我准备画一组《失守的易漕村》。早晨出门，发现小区里剪过枝的小叶榕树挺有意思的，新鲜的疤像眼睛，修剪下来的枝叶还没来得及清理，杂乱地堆在花园里，萧瑟得不能再萧瑟了，这些场景好像就是故意为我画画而设计的。于是，我没走多远就停下了，摆摊画画。小区的人在我身边走走停停，也点个头问声好。等到中午，雾散去，下午将晒着太阳画画。

砍下的树枝杂乱地躺在花园里，大妈用砍刀剔除多余的树叶，剩下树枝准备拿回家当柴火。两棵小叶榕树的柴火，大妈砍了一天，从早到晚几乎没有休息过，砍刀看上去不好使，有点费劲。我也从早到晚几乎没有休息过，蹲着画也很费劲。我就在大妈的旁边，她在陪我，我也在陪她，砍树枝发出的钝钝的声音一直在耳边，下午的阳光穿过树枝在水泥地上投下淡淡的影。大妈装好柴火，我也画完。最后，大妈得到了两车柴火，我得到了三幅画，劳动让人幸福。

画完第二幅画，下午四点。这个时候的阳光正好，为了享受阳光，我在院子里的石墩上坐下喝了一小杯水，又回家拿了一张稍小的纸，继续画。不到五点，夏木从幼儿园回来就开心地扑向画画的我，然后陪在我的身边，看我画画。她话也多，一会儿说我画得真棒，一会儿说我画得太难看了。不仅调戏我，还捣乱，故意把我的白乳胶弄翻，流了一地，镇定地站在一边看我狼狈收拾。我边收拾，边对夏木说："等会儿我要收拾你。"不过等画完，我也忘了这事。最后，是夏木陪我回家。

今天毛毛雨，这意味着我还是无法在易漕村里画，于是还是待在小区。雨让紫叶小檗的叶子泛着白光，我用牙刷弹，用刷子甩，把"雨"弄上去，像雪，这样，就比没有"雨"的画面看上去要特别些，我特别怕平庸。莫名其妙就想起了王二，想起他说的，一个人只拥有此生此时是不够的，他还应该拥有诗意的世界。我在想，是不是雨天比晴天更有诗意的缘故。

雨把空气弄得湿润，把地面沁湿，我离地面很近，能明显感觉到水的气息。每天，我从那道小铁门进出，门两边是修剪过的小叶女贞，花园里有小叶榕树，除了小叶榕树还有其他树，它们没有"胡须"。那辆停在花园边的三轮车是用来装小区生活垃圾的，我发现有个垃圾袋露出了腊梅，枝上还挂着黄色的花。

2015-01-14

易漕村的村民大部分都撤离了，只有零星的几幢楼还住有人家。一年多了，连废墟也失守了，荒草野花蔓延，占领了残砖碎瓦的平地，好多树上缠满了藤蔓植物，树也快失守了。想象中的《失守的易漕村》是一部大片，演员早就迫不及待地上场了，就等我这个还算有点经验的导演了。

早就酝酿过了，早就预热过了，今天终于来画了。在易漕村的路边，整理出一个地方，用砖垫平，能放稳小板凳。画板靠着的地方应该是以前的灶台打落下的，擦干净一大块瓷砖可以当调色盘，相当好用，不换地方都可以画上好几幅，画完一幅工具也不用收拾。回家听说金口河地震了，这边震感还挺强的，我倒一点感觉都没有。下午出门晚了点，换个角度画。一位路过的大叔说做画家不容易，辛苦。一群路过的初中生说了声牛逼。近六点画完，画具找了个隐蔽的屋檐下藏好，明天继续坚守。

我先是找了一个破烂的大竹凳，然后搬来一些砖，把画板架好，把调色瓷砖垫好，今天的条件比起前些天好多了。我在一片杂草后，鸟在树枝间或是天上，我一直念叨着"失守"。中午的时候，有两个小男孩在离我不远处晃荡，在矮墙上走或翻爬，爬上废楼往下扔砖头，把房间里可以破坏的东西弄倒打碎，用竹竿把柚子树上仅剩的一个果子打下，在废楼的阳台上边吃边把柚子皮扔下楼，还往楼下吐着口水。我和他们对视的时候，他们没有任何特别的表情，正如我看他们也很冷静。所以，中午我没敢回家耽搁太久，拿了面包、水和画纸就回到了写生地。

第二幅画，我想把荒草直接贴在纸上，没成功，但画还是令人满意的。不到五点，天又飘起了小雨，刚好画也完成。回家路上，锄地的大妈问我又去哪里画画了。我在易漕村画了两年多了，她们都认识我了。从拆迁之前我就一直在关注易漕村，用油画颜料、油画棒、丙烯和综合材料，还有文字。昨晚，洗澡的时候突然想到，如果我要做个画展，就在易漕村做一个露天画展，就把画挂在画中风景的前面，

常

也叫"四月的迷宫"。观众拿着画的分布图，在易漕村找画看画，看画中的易漕村和眼前的易漕村。画展可以分为几个展区，怡海花园展区、易漕村拆迁区展区、木材市场展区。如果战线拉得长一点，还可以多走几步，进入滨江广场展区、青衣江展区和采石场展区。但是，这一切只限于我的想象。

科柯施卡说，只有你看见，真正看见生活是什么样子，你才会有艺术。我看见易漕村，我看见拆迁前的易漕村和之后的易漕村，我看见易漕村人们现在的生活，想象他们过去的生活，我在画我认为的冲动，然后变成自己的生活。在易漕村画画是幸运，也是注定。立足世界，面朝易漕村，任凭荒草丛生。

没有犹豫地走向易漕村，就像没有理由不走向易漕村。下午有短暂的阳光。骑着自行车的大爷停下来在我身边说了一句"好荒凉"，又骑着自行车远去。两只猫在墙头打闹，许多时候，这里除了我没有别人，我在留守。

孙薇说："你的画都很安静。"我说："画如其人，画如其人的生活，应该是这个道理。"小瓶子说："我要收藏你的一幅画，我等时光让她价值连城。"我说："是时光本身有价值。"悠悠说："好压抑。"周老师说："太沉重。"

这算不算感染你们了？

常

2015-01-17

清晨，我还在床上就听见楼下有个人用铁铲铲垃圾。铲的时候水泥地就叫，叫了一阵，就没有了声音。没有声音的时候，感觉那个人抽烟望着水泥地，但感觉不到那个人什么时候离开的。第二天清晨他还会来，带着他的铲子来让水泥地叫。又一周，毫无疑问，我还会到易漕村，重新拾砖搭起一个写生台，有时会错认为自己在搭一个烧烤台。画画无柴无火，却需要燃烧自己，燃烧了才会有感情，照不亮别人也得照亮自己，自己感觉得到，别人也能知晓，这才不枉费。用上了白色的纸条拼贴，那条纸是《四月的迷宫》里的第080条："一个人的另一面不为人知，不为人知的另一面当然还有不为人知的又一个另一面，以此类推，我们眼中的世界是不完整的，任何时候。"我眼中的世界是不完整的，但我可以通过画不完整的易漕村让我感觉自己是完整的人。

一整天，看过我画的只有一条大狼狗和一个疯疯癫癫的男人。大狼狗凑过来嗅了嗅就走了，他的主人在前面。疯疯癫癫的男人说些含糊不清的话，听懂的只有"乱了"，我只能含含糊糊地应答他。白色的墙，白色的瓷砖，白色的垃圾，下午的画白色用得比较多，白色多了就会有惨淡的感觉，沉重加上惨淡，哈哈，快要催人泪下了。

科柯施卡说，只有你看见，真正看见生活是什么样子，
你才会有艺术。

我之所以画画是因为我无所事事，而我之所以无所事事也正是为了画画。今日大寒，算起来在易漕村我已经搭过四个写生台了，如果我是兔子的话，那么也算够狡猾的了。画画前花些时间在废墟里走一走或是站在荒草中环顾四周，这里的世界就属于我了，这是和世俗生活不同的世界，没有利害，没有牵绊，就像断墙前一大块横于地面的断墙，轻易地就忘记了过去。有些荒草和野树一下子就把人勾住了，心一动，手一挥，就愉悦了。没有沉重，没有压抑，沉重和压抑是别人赋予的，不属于我。

表面上看，易漕村的失守是因为野草，实际上是因为人，人没守住，守不住就失守了。昨晚梦见野草了，铺天盖地，蔓过了天，蔓过了地，应该是黑色，是线的乱，是点的散，是面不明真相的暗。于是今天我就画成了这样，像一个梦。

好多树上缠满了藤蔓植物，树也快失守了。

2015-01-22

早晨出门前读几首诗，有些词语就像有些事物容易抓住人心，有助于情绪的酝酿。但是晚上读诗就不太好了，晚上读诗容易失眠，比如昨晚。今天翻过一面断墙，换了一处景物。今天直接画，没有拼贴。今天很直接不啰唆，想说的说完就收工。

原来，我今天画的那片有荒草的空地是易漕村最老的房子，恐怕有一两百年历史。因为是木头房子，所以拆迁之后没有断墙，只剩空地。这是一位大姐告诉我的，这房子是她爷爷家的，爷爷九十几岁去世，而爷爷在世时是没有盖过房子的。这位大姐我们认识，她每晚会推着三轮车在商业银行外卖卤肉，生意爆好。不过，我已经十来天没见过她了，原来她生病了，腰椎间盘突出，今天稍好点出门走走，我们这才遇见了。她说那棵枣树的枣子很甜，那棵是核桃树，那片是竹林，现在倒了。她说这老房子拆了是可惜了，她家的房子也拆了，现在住在青衣江边的一个村子里。听我说易漕村有户人家正在断墙上重修房子，大姐迫不及待朝我手指的方向走去。我画完，围着空地走了一圈，发现荒草间有一株黄色的油菜花，水泥墙角有一棵芹菜努力抽叶，所有的一切都证明易漕村曾经是一个多么美好的村子。

昨晚看了电影《重返二十岁》，我现在的感觉就是重返二十岁，因为二十岁的时候我也是这样写生画画，这样自由轻松的状态。但并不是说二十岁之后的十五年就白过了，有以前的我才会有现在的我，现在的我是最好的我。同样，易漕村也回不去了，不知道现在的易漕村是不是最好的易漕村？如果现在不是，未来会是吗？

这段时间的梦里也有断墙和荒草，日有所思，夜有所梦，果不其然。下午有一段时间一群鸟聒噪着飞向废楼边的枣树，村里的狗也吠个不停，我预感到会有什么发生，之后，天色突然变暗，霾雾四起。这是动物的预言，但是绝大多数人绝大多时候都忽略了，轻视了。

常

这段时间的梦里也有断墙和荒草，日有所思，夜有所梦，果不其然。

踩在碎瓦片上，听咔咔嚓嚓的声音，鸟在墙头或枝上叫，从中可以找到一些熟悉的感觉，然后四处走走，转到房后或换个角度看树，再找一些陌生的感觉。当熟悉和陌生的感觉协调好了，就可以动笔了。第一感觉很重要，它决定了画面最后的感觉。

枯草里有许多小红野果，可以红很久，就像假的宝石。草占据了画面的一大半，红让草显得更荒，就像红让老人显得更老，快失守岁月了。

2015-01-27

一早，十四通报了今天乐山PM2.5达225，重度污染，在全国309座城市里空气质量排名倒数第11。在选点时，我潜意识就穿过废楼的房间，来到房前的一小片枇杷林，身边是树，树上有鸟。对面断墙前有小片菜园，这个队还有十户人坚守着。对面的一条黑狗一直在向我狂吠，保持着距离又充满敌意。一个男人从断墙边转过来，看我画画，和我聊天，递给我一支烟。

断墙前的枇杷林有杉树、枇杷树和杂树杂草，把视线降低一点再倾斜点是个不错的构图，有点新鲜感。画画要随时保持一种新鲜感，画了这么多天易漕村，自我感觉有点倦怠了，必须让自己换个思维方式。喝水的时候，附近走了走，找到几个感觉不错的地方，留着，慢慢画。上午那条黑狗又对我低吼了，只是少了上午的锐气。收拾画具放在废楼里，画提回家。今日腊八节，从来都没有重视过这个节，小时候没过，长大了也不知道该怎么去过。

昨晚有雨，今天冷，真冷。雨让地湿了，草上也有水滴，天空中含水的云在快速地移动，从柚子树的背后移到废楼的断墙边。一条黑狗闯入了我的视线，我也来到它的视线中，它果断地调头，我的视线里还是画中的样子，没变。

下午出门的时候，有零星的小雨，像雪。后来，幸好雨更密了，天更冷了，让我在这幅画结束的时候有了新的想法，愉快收尾。鸟似乎不怕雨，还在裸露的枝头张望。我拿着画在雨中也可以走得不那么匆忙。

常

2015-01-29

要么坚守，要么失守，没有中间的状态，画画也一样。

熟悉一个地方，然后把它遗忘。熟悉一种画法，然后把它遗忘。什么都可以代替，不过是又死一次，又一次天黑，又一个岔路不辨方向。时间可以这样也可以那样，做什么总比什么都不做好，好了就好。

不错最容易。正确总是从错误开始的，正确也是错误的，要错得准确、尖锐、锋利，并不容易。

好多天了，那块地的碎瓦片被我踩得更碎了，通向废楼的荒草匍匐成了一条路——里面是我存放画具的地方，没人会来，有时野猫会光顾。天变得冷了，眼看着就要春天了，又冷了，有时还下着小雨。看来，我也需要休息一下了。

2015-02-02

快立春了，用了些绿色，抵御着狗的敌视。

鸟扇动翅膀急速地划过天空，狗在杂草丛中窜来窜去，有人在易漕村打鸟，我又回到之前的一个地方画画。荒谬的世界，荒谬的挽歌，即将倒下。

内容需要形式，形式需要情感，可以没有内容，但要有形式，要有情感，可以形式大于情感，也可以情感大于形式。这是面断墙，这是白的斑驳，这是丛野草，这是黑色的线和喷洒的点，这是纪念碑，无名无姓，有情有忆。

面对同一个场景探索，是一件有趣的事。画面比预计的要温和些，如果看看画纸的背面就不那么温和了，背面有用碎瓦片拓印过的痕迹，很暴力。

日

快立春了，用了些绿色，抵御着狗的敌视。

立春，太阳现出来。昨天，王雅娇看见写生照，问："小凳子边是小花花吗？"我说："是蒲公英。"春天的阳光照在断墙上，蒲公英在断墙边开，是一幅画。春天来了，万物晒太阳，人只是其中极少数，绝大多数悄无声息，只有极少数爱炫耀，也是人。

今天年三十，我去易漕村的废楼把留在那里的一套画材搬回家，仅仅四天没去易漕村，路边的樱桃花白花花地开了，一路飘着胡豆花和油菜花的香，这是我熟悉的易漕村的春天。拆迁后的空地乱草中有一些燃放过鞭炮和烧过福纸的痕迹，放画材的废楼里，堂屋地上立着香烛，一堆纸灰还是热的。我就知道，除了我，一定还有人关心着易漕村，记忆是有温度的。羊年是我的本命年，继续做我的易漕村小王子。要快乐，祝福所有。

2015-03-05

今天下午去易漕村画了一幅画，以前需要翻越而过的那面墙现在只需轻轻迈脚就能过去，写生的地方，断墙边的乱藤杂草也被人清理过，黄色的小野花在静静地开，绿色多了起来，易漕村在变化，也能感受到春天。

昨天的易漕村是冬天，今天是春天，有阳光了。阳光充足，胜过一切过去的诗，海子说的。把景物平面化，去掉一些细节，让黑的白的块面分布在画面上，绿色会让人感觉有生机，野百合也有春天。春天的人心太容易荡漾了，安坐在田边，不言不语，心领神会，会好一点。

2015-03-07

有着金字塔顶的灰色高楼矗立着，看上去还很完整，如果绕过去，或许背面已千疮百孔。地已平整好，还有作为肥料的黑色草灰，野草早已露出了头。今日惊蛰，虫蛇也会出洞了。一小丛油菜花散乱地开着，这似乎是四川田地里不可或缺的景象。天空没有什么颜色，在白色中调上一点灰就行了。

画画的时候，我听见一位大叔和一位大妈边耕种边闲聊，聊些蔬菜的价格，相互骂俏，穿插着爽朗的笑。我身后一垄胡豆花挡住了视线，我看不见他们，他们也看不见我。早晨还微冷的天气到中午已经微温了，我和他们几乎同时收工，大叔扛着锄头走在田间时，我正在收拾画具。

一位大妈问我画这烂楼房有什么用。我说想画它。大好的太阳被画得阴沉阴沉的，确实没什么用。

夜里有小雨，天亮雨停但未晴，空气湿润，田地里尤为清新。易漕村里白色夺目，外墙拆除露出内墙的白，有些还不规则，正常的房屋不多见。我的画面上也会有一些白色的面，但它通常不会出现在视觉中心，白色会突兀地出现在画面的任意一处，它拉扯着人的视线，有些别扭，有些不同寻常。但正是这些白色让我的画区别于一般的春景画，它只属于春天的易漕村。怎么让画面符合美的规律，仍然值得我再去深究。

大妈把玉米苗每两株种在一个坑里，玉米苗五元一两，大妈说六十元的玉米苗还种不满地，不够还得再去买点。玉米苗被排列整齐地种在毛豆的两边，毛豆覆着地膜，嫩芽还没有钻出来。今天阴天，适合种苗，接下来的几天也是。阴天也适合画画，不冷不热的，很舒服。易漕村的断墙下有土地，土地里有生长的庄稼，等玉米结出来，坐在田地边现在的位置就看不见断墙了。

日

田地里三位大妈边耕种边聊天，聊的全是菜，什么菜要等它长一长然后蓄种，什么菜需要掐头，什么菜卖什么价，自己喜欢吃什么菜，什么菜怎样做好吃。在土地里聊这些太自然了。她们把这边的菜地打理好，提着几袋摘下的豌豆尖、白菜和莴笋，又去离我远一点的地里锄地。一位大妈说她饿了，如果是锄地的话，她要回家吃点东西。其他两位就笑她，说随便吃点米花糖饼干就行了。然后说说笑笑就走远了。我下意识看了看时间，不到十一点。那时我的第一幅画快完成了，后来，太阳就出来了。今天的两幅画着力点不同以往，所以感觉也不一样。

2015-03-12

太阳很早就出来了，面对田地，身后是一片胡豆花。田地里覆着膜，有的是半透明的薄膜，有的则是蓝色的广告布，有块地是绿色的，什么都没有种，长着一层短草。

田地织画，画家写诗。

围着田地中小土堆上的一棵树画，这已经是第三幅了。从构成出发，让色彩碰撞；从块面铺开，加入带土的肌理，用线穿插；从走动开始酝酿情绪，最后走动审视结束画面。可以把心情画好，当然也可以变得更糟，但从外表你是看不出来的，你看到的外表一直很平静，就像看农人耕地时，你看不出他的内心。

易漕村的本质是黑白，
和诗一样。

田地是一本摊开的书。
农人在写诗，
把玉米和毛角豆写进去，
把开花的油菜和深埋的红薯写进去，
从黎明写到黄昏，
用摸过泥巴的手和挥动过锄头的手写，
不动声色。

把心事也写进去，

把等待成熟的耐心也写进去，

把吃过的每一顿饭和流过的每一滴汗也写进去，

写满春天再写进夏天，

写过秋天再写完四季。

易漕村的诗随时在修改，

尚未出版。

对于农人来说，写一首诗比种一块地难，对于我来说，种一块地比画一幅画难。种好一块地和画好一幅画都很难，都是付出了却不一定有回报的事，这种事存在的意义，在于单纯。

大妈们今天翻种了一块地，撒下了种子，怕麻雀来吃，又栽了三棵小树苗，系上饲料袋或塑料袋，红的、蓝的、白的，高矮还不一。

2015-03-18

一块地已翻完，一块地正在翻，一块地里的嫩叶已从薄膜里翻出来。不过，这都不重要，重要的是把它们安排在画面上，让它们以绘画语言的形式呈现出来。我尽力而为。

下午我去易漕村放画具的地方一看，傻眼了，画架和小凳子不见了，只留了个画板。我提着画板找地方，只能蹲着画了。新技法尝试，一张80×55 cm的纸最后画成了23×27 cm，画纸不是被铅笔戳穿就是被卫生纸擦破，最后画中就剩了个没人要的烂萝卜。烂萝卜在光天化日之下被摆在地里，连看它一眼的人都难找到，更别说偷了。

2015-03-23

那天，大妈把种好的玉米苗挖了，重新埋下了玉米种子，她说蚯蚓吃掉了地里的玉米。她补种玉米时也没有抱怨什么，就像我去修改一幅不太满意的画一样平静。

下午阴得正好，画到六点过，我收拾画具时，看见几位农人还在地里锄地，所以我就不太着急了。

昨晚的雨是春雨，田边的胡豆倒了一大片，长得实在太高了，又挂满了胡豆。那幢没拆的水泥楼房下，大妈坐在竹椅上，没事做，她的眼前是撒好种子的一块地，我去借了个空矿泉水瓶装满水，洗笔用的——出门忘带了。天像夏天，到中午我就脱得只剩短袖了，我能看见的范围里没有农人在田间，只有一婆婆来看过她的菜，就是我画的那片。回家走过小区，看见许多蚯蚓硬在花园外的瓷砖地上，对于这点，我是无能为力的。

雨后的太阳让蚯蚓走向不归路，画画也是一条不归路。易漕村的路，再熟悉不过了，一直吸引着我，走不了几步就停下来了，幸好我是画家，要不然就太没出息了。

写生的这个路口来往的人多，多是易漕村人，背杂草的大妈、骑三轮车的大叔、带娃儿的大姐、种地的大爷、闲聊的太婆，经过我这里都要停下来看几眼。他们的话也有趣，"拆都拆了还有什么好画的""是不是政府派你来画烂房子的""可不可以画出每棵树的品种来""是不是越像越值钱""那几棵树画得生动""还没有画完哦""烂房子画得像是古堡""画得真好看"，等等。所有的问题我都回答了。

上午，大妈看着我的画问这画的是谁家的房子，然后又说，哦，是王三娃儿家的。这个问题不需要我回答，大妈自问自答了。下午在地边画画，一位婆婆就在我的边上拌油枯，然后撒在种有菜的地里，菜只冒了个芽，我们叫软浆子。油枯的气味真好闻，画得也享受。

日

经过我这里的人都要停下来看几眼，他们的话也有趣。

2015-03-26

这几天，我一直被苏运莹的《野子》吹啊吹，歌随时都在耳边萦绕，画画时哼几句，收拾东西时也哼几句，回家路上也哼几句，有人经过时就变得小声点。夏木有时也哼歌，那天一早起来哼的是《快乐的双人车》，因为我经常在她耳边哼。今天画得忘记了时间，大妈回去吃了午饭回到地里我才画完。她说我工作的时间长，但其实画画的时间是过得最快的，所以就不觉得长了。

据说，这棵李树结的李子又大又甜，但是，一到结果的时候我就把它忘了，所以没吃过它结的李子。最美的时候是现在，像火炬。

日

今天，我故意找了一个地里有人的地方画画，有时，一个人待久了，需要沾点人气。画画时，大妈们在议论今天的菜价，一位大妈说牛皮菜卖一元，不过有人还价六角一起买，她也同意了。她说这是性格决定的，差不多就卖了，懒得守。另一位大妈说起自己要午睡，只要一吃完午饭，瞌睡就来了。"一吃完午饭，瞌睡就来了"被她强调了好几遍。回应的大妈说她连晚上都睡不着，瞌睡少。地里的茼蒿菜正新鲜着，肥肥最喜欢吃，我对瞌睡少的大妈说我要一斤，她随即就在地里摘了一大包给我，我给了她一元钱，我是听她们议论菜价时知道的。

大叔对大妈说："你地里的胡豆已经很大很饱满了，快点剐下来。"胡豆地就在我的身旁，胡豆杆倒下了一大片。

夏木今天没去上幼儿园，没有理由，鬼知道她在想什么，于是就跟着我去易漕村画画。她要带着荞米去吃草，荞米是一只小白兔。但是装荞米的笼子还得我提，她说荞米长壮了她提不动了，还让我也长壮点。我画画，夏木就给荞米喂草，有时也把荞米抱出来让它自己吃，大部分时间就是和荞米玩。有时也听歌，自己翻歌听，喜欢听许美静的《阳光总在风雨后》和杭盖乐队的《杭盖》，各听了两遍。有时也跟着歌跳舞，还站在我的凳子上跳。也和我玩，从后背搂着我的脖子，吊着玩。我也把她举起来，往天上抛，然后让她在我身上缠绕，她尖叫不要之后还要来。当我画画超过两个小时后，她感觉玩累了，不过在我让她把野草叶穿起来当项链后，又来劲了，还坐在笼子上听歌，一脸陶醉。当我的画接近尾声，她又玩起了我的笔和颜料，先是用笔在地上抹，后来发现把颜料弄在自己鞋上了，又用卫生纸和水擦，还把卫生纸放在碗里搅，说是稀饭。一直到我画完，然后跟着我回了家。这不，吃完午饭后的夏木现在正睡着。这一上午实在弄不清楚是她在陪我呢还是我在带她，反正大家都很愉快。法国画家卢奥的第二个女儿伊莎贝拉为了照顾卢奥，终身未嫁，我可不希望夏木这样。

日

大妈又在补种玉米，地里的玉米被蚯蚓和蝼蛄啃食了一部分，打过药水后，一些蝼蛄就钻出来，挣扎着，她还抓了一只拿到我的眼前。地里麻雀也多，所以又弄了些竹竿，撑了些衣物或口袋。大妈说这些苗不容易保。

地里的黑蚂蚁真多，有一只居然爬上了我的画。把西边的前景和东边的远景移花接木成了一幅画。太阳退下去的时候有点风，很舒服。

2015-04-07

清明有雨，油菜籽收了一些，横了一些在地里。一切都没有预期中的美好，画要一幅幅画，日子要一天天过。

试图去理解易漕村的一块土地和土地里的庄稼，手可以触摸到的遗憾。

土地是什么？是泥土，踩过的成为路，是庄稼，是野草，是一遍又一遍抚摸，是看得见的日子和收获，是想象得到和想象不到的未来，是一个谜，是个没有答案的难题，是时常让人忽视的空白，如空气。

看我画画的大叔说，画画就是画心理作用。一语惊人。画了多年的画家未必比一个农民更懂绘画。易漕村里暗藏神奇。鸟从我头顶飞过，砸下白花花的屎，但始终没有砸中我，褐色土地多出许多眼睛。雨砸中了我也砸中了空中的直升飞机，我们都将返回。天突然暗下，屋内更暗。

常

2015-04-09

胡豆已剐完，地里的胡豆倒着，还没来得及处理。夜雨来得急，土是湿的，叶子开始腐烂，一大片全是。一旁的茴香香得像一团绿雾，和胡豆刚好可以炒一盘，味道也刚好。

今天的胡豆一元五角一斤，小白菜两元一斤，易漕村的农民边摘菜边谈论着菜价。如果明天小白菜能卖两元五角一斤，那么今天他们在摘菜的时候就会更加开心。下午画茴香地，许多绿让眼睛很舒服。

易漕村的樱桃红了，大叔搭着梯子摘高处的，大妈在斜坡上摘低处的。我在刬了胡豆的胡豆地里画画，休息时去看他们摘樱桃，他们叫我随便摘来吃。守着樱桃树吃，可以从容地从最红的吃起。画画总有些意外才好。比如，从地里随手揞点油菜花，混点颜料刮上去做油菜花。比如，柠檬黄被我踩了一脚，颜料流了一地，我就加点褐和黑，铲上泥土刮在画上。还有土地本身的意外，一天不见，胡豆地中间翻出了两行，种上了蒜苗。如果不是天天画易漕村，有些美我是无从察觉的。

今天多走了几步，穿过田地来到废墟，就是一月份画画的地方，好熟悉，但也陌生了，看着眼前的景不是以前的那种感觉。通往易漕村的一条小路被人用一旁的废砖拦住了，过往的行人踩着砖可以过去，如果是摩托车或三轮车就要停下来，挪开一些砖，才能通过。来往的车多了，拦路的砖也被清理得差不多了。我弄不清楚把路拦了是什么意思，但发现路边一棵手腕粗的树被齐腰砍了，截面白花花的还很新鲜，这棵树曾出现在我的画中，我也弄不清楚把树砍了这又是什么意思。离写生地不远处有一棵高大的柚子树，花香得清新，鸟也乐意在附近飞窜。荒草中有了绿色，还有黄色的小花，感觉蒲公英的白一直都有，往后是断墙。我脑子里蹦出一个词"怅然若失"，寻着这个感觉就画下去。

挖一口井，见水了，还要挖，水下面或许还有土，土下面或许还有水或者泥浆，再下面的水或者泥浆就不同了，有别于上面的水。地球是圆的，能挖穿当然是好事，但这样的人寥寥无几，如果多了，地球早就报废了。易漕村真的是没完没了，长鹏所说的局部很迷人，番薯说的裁剪更好看，我说要再抽象点。再挖挖。

听着蔡琴的《缺口》画《易漕村的春天五十五》，这首十几年前第一次听到的歌至今还难忘，难忘的是那种感觉。那年在乐山，也是一个春天，我买了一本有着西涅克、修拉、塞尚的画集，走出书店时，对面的音像店放着《缺口》："年轻求得圆满，随着岁月走散，忍不住回头看，剩下的只是片段……"这对于初当教师又不甘于现状的我真是一个刺激，那时的我未老先衰，无比分裂，一个追求艺术的梦一直没断过，这个梦让我抵御着残酷的生活，五年，十年，十五年，后来梦终于实现了，并延续到现在。这幅画最开始是55×80 cm，后来我让它缺了口，裁成30×80 cm。画到最后，这幅画已经和易漕村无关了，就像易漕村的一个缺口，就像过去的我，言不由衷。

妈在医院输液，让我上午在家画画。下午，我一直在医院里。点滴一直在滴，一滴一滴地滴，时间在漏，时间浸入身体，人静止不动，睡着了会有鼻息和鼾声。两位见习护士妹妹进来，提着放有体温计的褐色方木头篮子，像葬花的黛玉，她们给每床的病人小心翼翼地量体温，摸脉搏，然后温柔地询问大小便情况。不可否认，人在进入职业的最初有着最美状态。关于画，见仁见智，你不能轻视别人的想法，别人也不能代替你的眼光。人，终归是不一样的，就像病人，各有各的痛点。

梨的腐点越来越大，如果不去管它，还可以放很久。放很久就可以看很久，看很久就可以画很久，久了就不是一个梨了，可以是一个记忆或是一个虚无的东西。

医院是一个放大器，声音、气味、感觉都在被放大，似是而非又似曾相识，所以在医院待久了的病人一定是敏感或麻木的。画画的感觉是需要递进的，抛弃一些又存留一些，找回一些又发现一些，所以每幅画才会有所不同。回不去的画是最好的，就像流水，回得去的就不叫画了，叫复印。

熟练的护士在指导见习妹妹怎样换输液瓶，核对病人姓名，关掉滑条，取下空瓶，拔出插口，插进新瓶，察看有无空气泡，打开阀门。看上去挺简单的，但见习妹妹做起来就有难度了，取下的空瓶拿在手中影响了插口插入新瓶，放下空瓶后，插口和新瓶又对不上，对上了又使不上劲，这可能是她第一次换输液瓶，专注却无比生疏，但不管怎样，最终还是完成了。任何事情都会有第一次，第一次的学习最真诚，之后就看各自的造化了。学生需要学习，老师也需要学习，不当老师了更需要学习，尤其是绘画，绘画更注重自我的学习和修养，表面上看是手的活，实际上是脑的活，你每天想的东西在画面上都会有反映，越往后老师能帮你的就越少了。靠什么？靠自己，靠每一天的每一笔。

在医院，除了给妈提输液瓶和及时关注液体的多少，实在也无事可做，电视机里的节目一直放着，但也与我无关，看看书，想些可以想、值得想的事情，其实是自由的，只是看上去有些杂乱。画还是要天天画，今天的画和昨天的不一样。

日

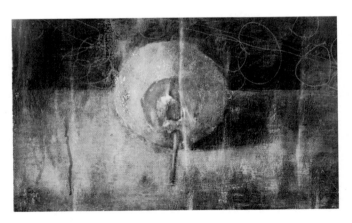

　　梨的腐点越来越大，如果不去管它，还可以放很久。
久了就不是一个梨了，可以是一个记忆或是一个虚无的东西。

易漕村的夏天是美好的，各种庄稼都在长，闪着光的绿色晃人眼。夏天在外写生就不太美好了，上午在外画了一上午，不是想要的感觉。午饭一吃，倒头便睡了。下午在家改，改成想要的感觉，那种感觉应该是旧日的易漕村的夏天，风一吹，姑娘的裙子就飘扬起来的夏天。

今天看见新闻说内蒙古赤峰出现了冷霜雨天气，好多玉米苗被冻死。而易漕村的玉米已经开始结穗了，无所畏惧地生长着。易漕村的夏天，阳光充足，万物生长，破败的断墙废楼显得微不足道。

春天里再规整的地，一到夏天都会变得含糊，就像一个醉酒的人。

2015-05-14

阳光，阳光，生长，生长。毛豆在长，玉米围着毛豆在长，牛皮菜开了花在长，花生在长，大葱在长。只有废楼不长，看上去要倒，倒下去又可以长了。

荒草比人还高，有的更像树。易漕村夏天的好处在于看不出破败，白色的断墙从草缝树缝中透出来，晃眼，像一面镜子。

易漕村夏天的好处在于看不出破败，
白色的断墙从草缝树缝中透出来，晃眼，像一面镜子。

常

夏木哭起来可以把人逼疯，索性不理她，等她哭，至少你不会疯。画画可以把人的心情画好，有时乱涂一气当是宣泄，有时细细经营当是养性，一幅画可以承载很多情绪，情绪是隐性的，就像一口井，你不深挖是见不到水的。我也在问自己，为什么不把易漕村的夏天画得色彩强烈，而是几近黑白的呢？直觉使然，我只是在画一种记忆里易漕村的夏天，而记忆往往是黑白的。

画得不那么小心，符合夏天易漕村植物生长的性格。

早上在易漕村闲逛，路边的玉米挡住了我的视线，我只看见毛豆地里一个穿着深蓝衣服的人。我停下来看，原来是一位婆婆蹲在毛豆地里摘毛豆，她先招呼我，我和她隔着深绿的玉米叶在说话。我说："好快啊，毛豆都可以吃了。"她说："是呀，前段时间你还看着我点的豆子。"她问我："现在没有什么风景可画的吧？"我说："不是，可以一直画下去，只是现在天气太热了，在家里画了。"我问她："毛豆多少钱一斤？"她说："前几天十一块，后来十块，现在九块，但是，是剥了壳的，剥壳其实是很麻烦的。"我问："没有剥壳的呢？"她说："三四块吧。"我说："我买点，反正喜欢吃，回家煮着当宵夜吃。"我拿出五块钱，婆婆捧了两大把给我。现在，我和夏木就吃着煮好的毛豆了，夏木吃到花椒的时候就说好麻哦。不过，这块土地最终不会种出毛豆了，连同玉米、花生、红薯。画面中的白条像把锋利的刀，硬生生地插入土地，也插入易漕村每个人的心中，一想到今后就会有一种隐痛。在画展上，小江的母亲站在《易漕村的春天》前对我说，她从我的画中看到了土地本来的价值，她能体会到一种遗憾。

2015-05-20

王雅娇以为那白色的条幅是标语，这给了我启示。白条像封条，我画完把签名和日期写上去，把此时的易漕村封存了。今天是五月二十日，据说是个节日，好傻的一个节日。易漕村农民才不管这些，她们关心玉米是否渐渐饱满，田地的蓄水够不够，明天是小满。

路两旁的玉米叶快把路淹没了，穿过的时候不得不用手拂开挡住的叶子，没有太好的视线，边走边看前路，前路未知。这是易漕村最好的季节，草木茂盛，充满丰收的希望。

日

今日小满，有雨，对于庄稼来说再好不过了。这样，画也带着凉爽的湿气。透过玉米叶的缝隙看易漕村，废楼像纪念碑，残了。

听雨画画，有几分诗意在前方。

小瓶子说，记忆被劈开，当年她就是穿着白色长裙穿过玉米地去参加高考的。想想，那是十几年前的事了。那时，我经过易漕村，但还不知道易漕村的名字，那时我从没想过会画易漕村。但记忆就像梦，有时会反复出现，出现多了，就成了现实。雨夜，又画了一幅，美妙的夜。

小瓶子说，记忆被劈开，
当年她就是穿着白色长裙穿过玉米地去参加高考的。

　　　　　　　　　　　　　　　　　　　　　　　日

听着张靓颖版的《有多少爱可以重来》，舒缓得恰好适合画画的情绪，我发现歌词里改了一个词，"命运如此安排总有些精彩"中的"精彩"原本是"无奈"，但改得真好，坦然面对，乐观发现。如今的易漕村真的很精彩，傍晚我和肥肥、夏木在田间散步依旧美好，这是最好的易漕村。让姑娘穿过玉米地去曾经的家，这个画面是可以动的，思绪被拉扯了，这样，下一秒会更精彩。

2015-05-25

残破的砖和水泥块，烂得随意的砖墙白墙，长得百无聊赖的草和树，一座松软裂皮的黑沙发，在夏天又把我拉回来，从长满玉米和毛豆的土地中拉回来。是有一些东西在吸引我，那些被遗弃的所有，总有些不甘的叹息荡过去又荡回来。人看见曾经的家，却回不去，是不忍，是无言以对，是目光无法停留的悲伤。

昨晚大雨，今天天阴有风，空气里有种潮湿的绿，是久远的味道。

日

一座松软裂皮的黑沙发，在夏天又把我拉回来，
从长满玉米和毛豆的土地中拉回来。

常

2015-05-26

草长在一切可能和不可能的地方，包括水泥地面的裂缝和楼房的任何一个缝隙里。草几乎要忽略沙发的存在，直接生长穿过。只要让夏天再长一点，草一定会长到天上去。沙发，会让人有想坐上去的冲动，坐上去其实感觉蛮好的，整个世界都在破败和蔓延，你在上升。

让碎红砖的颜色占据整个画面，画面有草有树，但不用一点绿色，绿色在你的想象中。也可以不是绿色，草和树也可以是砖红色，或者其他的任何一种颜色。

日

尧十三的《他妈的》是一首悲伤的歌，放在电影《推拿》的结尾真适合，毕飞宇的《推拿》真好，小说比电影好。毕飞宇其实写的不是盲人，是人，是任何人都无法逃脱的这个悲伤世界。

十四说："最近半忙半闲，总是想起你在易漕村画画，无论如何，这给我以安慰，你的理想在，就好像我的理想也未泯灭。"画画便是我的理想，画好了是幸运，没画好也没关系。

每天，有九个妹妹往我的 QQ 发消息，都是卖茶叶的。每天，没有漏过一天。我已经习惯了她们发的信息，习惯了信息来时提示的声音，只是习惯了。我发现上午的画和下午的画是那么不同，应该是情绪不同所致，但是我当时好像察觉不到。

2015-05-28

守着，维持着最后的自尊。我看着你，你看不见我。我们之间的距离是草和时间。空空的天空，一无所有，却仿佛有全部的内容。

今天是爸的生日，我老想着画中那个沙发就是他，在冷绿暗黑的背景前享受一个人的静静独处。今天，爸和往常一样，上午在楼顶花园整理他的菜园，午饭后是午睡，午睡后是准备今晚的晚餐，本来大家建议出去吃，他坚持要自己做，弄得就像我们过生日似的。对于他喜欢的事，他总能做得悠然自得，比如，种菜、做饭和接夏木放学，其实他是高级工程师。他的世界很小，就这些，但这里面有世界的全部。就像我认为我的世界是易漕村，很小，但足够了。就这点性格，我像他。

大妈正在开一块地，把红薯藤埋进土里，不久会长出红薯尖。这块地以前堆过一些建筑垃圾，所以土里有碎砖头、烂瓦片、碎瓷片、碎玻璃片、塑料袋。大妈也不急，一一清理，开几行，种几行。每天凌晨一点左右，大妈会把整理好的菜送到迎春路的菜市场去卖，凌晨的那条街热闹异常，各地的菜贩会来收购菜，清晨七点准时散场。运气好的话，大妈会守到凌晨三点，卖完再回家睡觉，然后不到六点就起床，一天的劳作又开始。我说："夏天天气太热了，就没出门画画，因为头一晒我就发昏。"大妈说："我还行，习惯了。"我问她："中午会睡一觉吗？"她说："不睡，那样会耽误地里的活的。"我说："真是辛苦啊。"她说："生成了农民没办法啊。有时也希望这里快点开发，把地占去，这样也就可以不种地了，但是现在如果土地荒着没人种，看着怪可惜的。"我的画从废墟又回到了田地里，玉米地、花生地的绿色让我兴奋，劳动总是让人充满希望。易漕村也开始丰收了，最早的一批玉米已经上市，四元一斤。

雨后的天是晴朗的天，晴朗的天是解放区的天，易漕村的人民好幸福。易漕村充满蓝色的光泽，不很强烈，好像是从植物内部散发出来的。

在易漕村，许多地方隔段时间又想去画，让人激动的或许是一株野长的玉米，或许是一丛杂生的野草，是它们呼应着易漕村的残败。那些长势喜人的庄稼则平衡着易漕村，不偏不倚地走向自然而然的方向。

2015-06-08

昨夜风雨，一早起来，头胀耳根痛。每隔两周，我就会去书摊取回最近一期的《新周刊》。送夏木去幼儿园，回家看了一小时书才缓过劲来画画。职业画家，不管状态好坏，心情如何，都要画画。今天控制得不错，慢是慢了点，最终有了最初自己想要的效果，一种紫绿调，颜色含进了土壤，含进了庄稼，含进了天空，没有一丝炫耀，却处处放光。

日

颜色含进了土壤，含进了庄稼，含进了天空，
没有一丝炫耀，却处处放光。

常

下午的易漕村，大妈在废楼下剐着毛角豆，废楼巨大的影子把她包围着，影子外是发白的阳光。我来易漕村是为了买玉米。大妈对面就是玉米地，她就在路边给我掰了五个玉米，剥去皮，五个看上去白酥酥的糯玉米被我捧在手中。我们去了十米外的大妈家称重，两元五角一斤，五个七元。临走，大妈说："不好意思，收了你的钱。"我说："应该的，种地不容易。"

整个白天,大半天都是阴雨,下午四点才放晴,晴得好像之前不曾阴雨过。画面一直是阴雨,有点潮湿的黑暗,有点黑暗的绿,像会把人吸进去。

积了一夜的雨，下在早晨，打在雨棚上，把我惊醒。雨一直下，我画中的雨也一直下，一层层把雨甩上，甩上又画，画了再甩，直到下得我满意为止。一只鸟在大雨的天空盘旋飞翔，我打着伞追到空地看，这个世界总有一些东西让人泪流满面。

你所看见的白和你所看见的黑，并不似想象中的那么简单。画出的黑白，抹出的黑白，透出的黑白，甩出的黑白，黑衬着白，白压着黑，黑中有白，白中含黑。但是，你最好忽略这些复杂的黑白，你会看到一个灰色的世界，一个大雨模糊了你视线的世界，让你忘记了世界本来的模样，忘记了你原来看过的一切。

日

昨晚失眠，凌晨三点起来，站在窗边，滨江广场一片混沌，路灯的昏黄把天地晕染得无边无际。后来，我做了一些梦，双脚一蹬，我就可以飞在城市上空，准确地说是悬浮，我控制着方向和高度，避开高处的树枝和突如其来的电线，若无其事地飞在人们的视线中。我感觉我飞向丽江，这个地方让我无比热爱又深恶痛绝。我的双脚必须不停地蹬。这些场景曾无数次出现在我的梦中，如果说有什么寓意的话，就像这一幅画，没有寓意。

我和肥肥散步在青衣江边是昨天下午的事。没有夏木一起的散步，则要推到四年前了。因为新铁路桥在建，大部分江堤的石栏都拆了，江堤的路面破碎不堪，新运来的青石栏杆散乱地躺在堤上，说实话已经不适合散步了。江边还是有钓鱼的人，坐在乱石滩上往水中扔石子的少年，一群正在烧烤的学生，系着橘色浮漂的游泳爱好者，开着摩托艇在江面飞驰的人，还有拖在游艇后面冲浪的人。江堤还在修，几个黑瘦的男人在拌着混凝土，然后往堤上倒，再弄平整。采石场也不是原来的样子，到处是成堆的鹅卵石，就像一座座新隆起的山，废油罐、废机器不在原来的位置，被移动，重新堆积在一起。从江堤到江水之间的石滩陡然抬高，和江堤齐平，直接成了一条路。我和肥肥坐在石堆上像坐在悬崖边，我往脚下的水中扔着石子，肥肥捡起一块略尖的石头刮着不舒服的颈椎。没有阳光，太阳隐在有湿气的盆地上空，仍觉很热。除了对面的青山和江水依旧，其余的都似曾相识又面目全非，现实扰乱着记忆，成为错觉，似是而非。

一场雨，秋天的感觉就明显了。昨晚我给夏木讲关于蚯蚓的故事，今早，她还记得很清楚。大雨后，蚯蚓会钻出泥土，因为泥土里缺氧，蚯蚓是用皮肤呼吸的。早晨，我们打着伞走在怡海花园的绿地边，没有看见钻出泥土透气的蚯蚓，估计雨还不够大，不像夏天，大雨后，地砖上总有数不清的蚯蚓尸体，它们因为没有及时钻进泥土而被烈日晒死。夏木打伞，我还是抱着她。夏木说，如果我和她一样矮或者她和我一样高，我们就可以一起打伞了。走过友邻副食对面的殡仪店，夏木看到了花圈，她告诉我这是花圈，是送给死人的，我告诉过她，奶奶也告诉过她。她问我花圈是怎么做的，我给她讲，就像告诉学生怎样做好一件手工作品一样轻松。通往幼儿园的建设路，街边有一个接一个的店铺，夏木走在店铺外的屋檐下，"这个是妈妈买泳衣的地方""这个是赵梓萱妈妈卖糖果的地方""这个店铺我们来买过裙子"……不满四岁的夏木向我介绍她所记得的一些"小时候"的事。然后，我们会来到幼儿园，夏木会和老师问好，和我说再见。我独自打着伞走回家，一些陌生的面孔划过我的视线，也有熟悉的，比如，店铺外三两个卖服饰的时尚女人，今天她们在谈论彼此的身高。十五分钟后，我会坐在家里的藤椅上，面对一张空白的画纸，开始搜寻那种似曾相识又面目全非的感觉。

白露为霜的时节，天阴得像一张灰布。一个月前，怡海花园的那棵小叶榕树倒了，树干倾斜，树枝搭在了红砖围墙上，它的枝叶太茂盛了，大把气根垂下，只是根还没有露出来，枝叶被物管及时地修剪了，所以它还在生长，看上去只是在休息。肥肥的车有时也停在它的一旁，比如，今天早晨，我和夏木坐上肥肥的车，倾倒的小叶榕树就在旁边。很远我就注意到它，它也能够吸引人的注意，因为它与周围的其他小叶榕树是那么不同——虽然曾经它们简直不分彼此。今天的画是一棵倾倒的小叶榕树。

窗外一片漆黑，下着雨，看不见雨，只能听见。雨打在雨棚上和落在地上的声音是不一样的，硬点和软圈。这些天，看了好多小说，看完一本还没拔出来又忍不住翻开另外一本，好多情绪缠在一起，好多个世界一一展开。是什么不重要，重要的是那个美妙的世界，要去寻得。

日

晨跑的时候，我看见一个中年男人在青衣江边的石滩上站着，双手叉腰，对着江水有节奏地吼叫，发出类似"哦喔"的声音。声音很大很响，他站立处的石滩其实已经延伸到了江心，我在上游的江堤上都能听见。但他的声音不亮，比起江堤树林里的鸟鸣要含混一些。他不停地吼叫，像是在做某种练习，其实我期待着他能够唱一首歌或什么的，一定会很厉害，但他只是单调地重复。他和那些在江边游泳、钓鱼、散步、跑步的人是那么不同，我突然想到他或许在和什么东西对话，只是需要用很大的声音，一想到这里，我就很佩服他。

易漕村的秋天仍然像夏天，草木繁茂，断墙废墟几乎被各种草本藤蔓植物占据，以前画画的地方进不去，即使进去了也无路可寻。我在一大丛植物生成的屏障前停下了脚步，然后原路返回。看来，还要多等些时日，等它们衰败点再来，不会有多久，或许就是几场秋雨的事。一路经过的田地也没种什么庄稼，平淡无奇，有些地刚翻整过，大多只是刚发了些嫩叶。一位大叔在往嫩绿的周围浇着粪，我来去和他打了两声招呼。

今早不用送夏木上幼儿园，我没什么事，在易漕村瞎逛。没什么感觉，可能是因为春夏在村里待了太长时间画了太多画，现在已经无话可说。再说吧！回到家窝在沙发上发呆，翻翻书，翻翻手机，实在没什么想画的，没什么想用画来表达的。上周雄心勃勃想继续的一个系列，现在想起也觉得索然无味，放一放再说。爸边吃午饭边感叹道，上午的时间过得太快了。吃完饭，他就回家午睡了。随后妈也吃饭，电视调到一个水上闯关节目，她每天吃饭都会看这个节目，总会听到她的欢笑。我在画一幅有石榴的静物，我希望自己是初学画的小男孩，一切都还新鲜。新闻上说郭美美开赌场的事情，庭审中，她看上去很从容，平静如水地回应着对她罪行的指证，就像在为朋友回忆一个她自己的故事，法庭说她态度不端，要从重判她，最后她被判了五年。这时，我感到有点愤怒了，我觉得有人是故意的，这个世界上清白的人没几个，如果你想彻查的话。

静物一直画到下午，下午的阳光很暖，美好得让人绝望。想起在白音敖包的最后那天，图雅坐在我的寝室床边，她说她的生活就像床上皱巴巴乱作一团的被子，虚弱无力。那天的阳光也很好，同样让人绝望。有一幅画会好一点，至少说明你今天做了点什么。

2015-09-15

有一只褐黄色的螳螂趴在花园边的水泥地上，我看见就蹲了下来，夏木也蹲了下来。夏木关心的是它咬不咬人，我说不咬人，然后指着螳螂的大刀给她看。我们看着螳螂爬上了花园里一地枯叶中，和干竹枝混为一体，才离开。这是早晨我送夏木去上幼儿园的时候。

回家后，我在画剥开的石榴，十四说希望我画剥开的石榴，她要求一幅。想起苏丁画剖开的牛，还要不停地往上面泼牛血。石榴不用，放几天也很新鲜，何况不用放几天，一天画完就吃掉它，第二天想画再剥开一个。石榴也不贵，十元四斤，剥开几个都可以。

易漕村口的木材市场，老板指挥着三四个工人在砌一间房中的一堵墙，估计是用来存放木材的。早晨路过的时候才砌了不到一人高，下午路过的时候已经搭了一人多高的木架在砌了。我的画也差不多画完了，去幼儿园给夏木开完家长会回家还需要整理一下。剥开的石榴画完了，也不知道十四喜不喜欢。被藏家拉低了的画家太多，我希望藏家来将就我，不管现在你是被我拉低了还是抬高了。

从今天起易漕村的秋天终于开始了，夜里的雨让易漕村潮湿，雨后的太阳又让蚊虫肆虐，草木有枯败的迹象，虽然没有夏日那样的勃发，但绿色仍然满目皆是，开满紫色小花的扁豆往墙上、树上、地上蔓延开去。那条通往外街的土路，需要把两旁的枝叶拨开才能通过——今年的植被比去年繁茂多了。下午把上午画的全部覆盖了，几近黑白，重新营造潮湿和阴冷。画得差不多了，去易漕村。大妈在地里割草，撕着夏天残留在地里的薄膜，从夏天玉米收割后这块地就没有种过其他庄稼了，夏天如果雨水多的话，这块地会被水淹，变成水塘，长出浮萍和泥鳅，但是今年没有。正在整理的地准备种下豌豆，旁边的地种的是红薯，红薯叶已经可以炒来吃了。大妈说我好久没有出来画画了，我说蚊子太多，不敢出来。她说寒露后就没有蚊子了。我翻了翻手机日历，十月八日寒露。在路口的樱桃树下，隔壁的两口子正在剐毛角豆，毛角豆很饱满，剐毛角豆的手很欢快。再往下走就是废墟，没走几步我就被无处不在的蚊子叮了回去。带着易漕村的气息和不断强化的感受回家把画整理完。想着邓总说的，我的画在朴实中开始出现了华丽的东西，他希望我再朴实点，就像贫民艺术那样，朴实，然后感人至深。

画面需要平衡，比如，如果追求肌理效果就会牺牲书写性，如果追求书写性，又怕画面不够丰富。或者，走向极端。这时，平衡就不重要了。画画时听黄磊的《似水年华》，想起电视剧里黄磊和刘若英把感情含在一个动作、一句话、一个眼神里，节制有度，这样表达出来的爱含蓄又深沉，这部电视剧我看过两遍，因为我能在里面看到一个贴切的自己。在继续画易漕村的秋天，画画也要这样，笔笔含情，爱才深沉。

早晨，我在楼顶的花园里揽着她的腰，然后吻了她。画一段时间，就去易漕村走一走，我看见三两只蚊子停在我举起手机准备拍照的手上，赶紧放下手机，甩着手离开了。秋天的易漕村让人感觉不到季节的变化，树和草依然绿，只是显得潮湿，对，心也潮湿，像从铺满浮萍的水缸里刚刚捞起的样子。

夏木醒来看见肥肥不在身边，会哭着要找妈妈。比如今早，夏木哭，双脚在床单上踢，我去安慰她，她还挥着双手喊我走开。我就走开了。我在另外一间屋听见夏木一直哭，哭得就像真的丢了妈妈一样，其实肥肥只是去上班了。后来爷爷奶奶来了，好说歹说，又哄又吓，夏木才起床，出门上幼儿园时差不多就九点半了，一早弄得一家人都不高兴。像这样的情况不止一次了。人有不可理喻的一面，易漕村不可理喻的一面在于，一个要搬迁的破村子，有个人一直在关注它，不断地画它，有可能，它会永恒。

出门去易漕村逛一圈，花脚蚊还是在眼前晃，可以清楚地看见它们的脚上闪着银光，还是回家。我喜欢的是略带悲伤的歌，听到稍微快乐的歌就想跳过，悲而不伤的感觉适合易漕村的秋天。

日

我喜欢的是略带悲伤的歌，听到稍微快乐的歌就想跳过，
悲而不伤的感觉适合易漕村的秋天。

常

夏木藏了一瓶香水在自己的衣橱里，足见她有多爱美。秋天的阳光很暖，很温和，而我在画比秋天的阳光更激烈的画。大叔在收割卷心菜，用砍刀剔除多余的部分，松散的老叶堆在路边，一大堆，看上去比垒在竹兜里的层层紧卷的卷心菜还多，不过竹兜里的可以卖个好价钱。《男人装》是给男人看的，但里面的图片多是一些香艳的大胸女人，那么画呢？给谁看？又该画些什么？

霜降，草黄如海。一早散步于易漕村，走走停停，我在心里整理着草木和建筑的关系。大妈挥舞着锄头，红色毛线背心在菜地间像跳跃的火焰。我离开的时候，心想，周一见。

2015-10-26

如果夏木需要和肥肥一起出门，那她就要起得早一点，我也必须早点。出门时其实离上幼儿园的时间还早，我就和夏木逛街。八点四十分，珠宝店外的小妹身着黑色制服，手戴黑色手套，正在跳《压力大》，紧身的小西服使她们胸和腰腹的凹凸显得落差很大，动作一大，胸就像成熟的苹果快要滚落一地，但她们好像不太喜欢表露自己的性情，只是按部就班地跟着音乐比画。两曲舞之后是喊口号，"我是我，我是我自己的动力，永不放弃，每天进步一点，成就最好的自己"，诸如此类，一连串口号从她们的口中涌出来。然后是训话，或者可以称之为一对几的交流，我出列面对大家说几句，回到队列中，你又出列面对大家交流几句，接受大家的赞赏后，回到队列中，就像是表演某种固定又满不在乎的仪式。最后，她们围成一个小圈，手叠着手，就像排球运动员上场前的加油一样，自我激励着。她们说的第一，是销售额第一。她们解脱般走进店里，站到各自的柜台前，这时，脸上才流露出一些轻松的表情。

日

我搬着画具走进易漕村的时候，易漕村里的农民早就在耕种了，我能看到的就有五个人，有时她们也轻松地说几句。那片路边长满枯草的地，今天被清除了，燃起的烟冒了整整一天，就连下午的大雨也没有把它完全浇灭。下午下雨之前我就发现了天空颜色的异常。我像是坐在一边明亮一边灰暗的穹顶下，刚构好图，雨就淋下来了。我把画具放在农舍的屋檐下，跑回了家。我再次回到易漕村的时候，雨还是在下，没有变小的趋势，不过我的肩头扛着一把大伞，把大伞插在田间，我又可以画了。虽然有些局促，滴落的雨水把后背打湿了，但足以把一幅画安稳地画完。画完，雨一直没停，我退回十来米远的屋檐下休息看画，屋檐下堆着齐腰高的砖头和一些干竹枝，没有落脚的地方，我就坐在砖头上，像一只猴。不远处，一位穿着雨衣的大叔骑着货三轮，车斗上是绿油油的蔬菜。

常

我去田间画画，一位大妈经过，说："又上班了哈。"又一位大妈经过，说："还在选风景哈。"一位婆婆经过，说："摆了好大一摊。"我说："有没有挡住你？"她说："没挡住，即使挡住了也可以从地里走过去。"几只狗从菜地里穿过，被正在耕种的大妈们训斥了一番。我身后一位大妈在查看她的萝卜地，她对迎面走来的一位大叔说："你来看看这萝卜怎么回事，叶子蔫了。"大叔说："我也不太懂，是不是肥料多了啊。"扁豆藤横在我的眼前，像海浪静止在田间。早晨选好一个点，不过搬来画具后发现一位大叔正在拉线、挖坑、种菜，问了他的进度，说是那片地一上午都会种完。我想，速度还挺快的。所以，上午换了一个地方。不过，我下午去的时候，看见只开出了很小一块，我给他留足了下午的量，架起了画架，直到我画完，大叔也没有来。下午的农活明显没有上午多，她们边整理着菜地，边聊着搬迁的事，很轻松的语气。

日

田地里，大妈一直在骂大叔，昨天开的地，行距不对。扁豆藤挡住了我的视线，我只能听见声音。另一位大叔说自己做得好是因为只能种地，干不了其他的，人家可以在外面挣大钱。被骂的大叔少有声音，几乎不存在。我昨天看他开地的样子就觉得他不像天天种地的人，我也很少见到他。阳光晒得我后背发烫，其实我更喜欢阴天，颜料干得没那么快。大妈说她不喜欢这么好的天气，菜长得太快，卖不到好价钱。下午的天空中有两只盘旋的鹰，还有一架直升飞机飞得很低。整理白菜的大妈说几毛钱一斤的白菜都有人偷，真不要脸。画到太阳隐去，感觉时间不知不觉就过去了。

2015-10-29

大叔经过我时，说我总能把这些烂房子画得那么好看。我问他是不是收工了，他说是。我望了一眼他的地，就在不远处，小白菜的叶子鲜嫩新绿。

隔着地里的一垄扁豆藤，我和大叔大妈相距不到十米，他们看不见我，我能听见他们说话的声音。大妈说："狗日的，老几十岁了，还干不来活。"大叔似乎感冒了，嗓子不舒服，"嗯嗯嗯"的，既是清嗓子又当是回答。"感冒了哦。""嗯。""活该。""嗯嗯嗯。""你看李老二，那才叫干活，翻的地不得长草，你的不晓得要扯好几次。""我这样挖好看，嗯嗯嗯。""犟拐拐，你哪一回来不犟不行哦。""嗯嗯嗯。""屋头的药还有没有？""有。""白菜一块钱一斤，芹菜听说要卖五块。卖不到五块，三块差不多。""嗯嗯嗯。""看你挖的什么名堂，坑坑洼洼的，老子遇得到你。""嗯嗯嗯。""王老三娶媳妇儿，要办九大碗，就是下个星期。""晓得，嗯嗯嗯。""老子挖好了，你又不整，你以为好多地，逗起扯。""嗯嗯嗯。"直到我画完收拾好，他们还在有一句没一句地说，慢慢聊家常，大妈时不时地发飙，没完没了，恐怕要到天黑了。

她们细数卖菜时遇上的不厚道的人和事。比如，买主已在自己这里买菜，那个卖菜的故意来到买主身边蹭，影响买主。更过分的是买主讲好了价，她还拉买主去看看她的菜。大妈说再也没有理那个卖菜的，见到她也不和她打招呼。一说起那个卖菜的大家都知道，所以她们就笑。我在杂草地里画画，她们在旁边的田地里边干活边说笑。她们什么时候散的我不太清楚，画完画一看时间已经一点过了，大叔啃着个馒头，扛着锄头又干起活来了。昨天我待过的那块杂草地已经被开出来了，新鲜的泥土充满了活力。下午我略带狂野地画画，天一直阴暗着，似乎要下雨，但一直没有下。五点过，大妈说："这外面还好，如果在华头山里，就黑了。"

周一的易漕村显得很平静，田地里只有两位大妈在整理着红薯地，大叔来田地里分种好了菜就回了家。不过经过了一个周末，田地里是有变化的，几块之前还长着杂草的地被平整出来，又变成了一块规整的庄稼地。下午，大叔又清除了一块地里的草。我守着一片杂草地画画，一天很快就过去了。

大叔说还有几块地需要开出来，种点青菜和葱。我想，那种感觉就像画家看见空白的画纸忍不住要在上面涂点什么。下午又下起了毛毛雨，我去墙角的枯竹枝堆里取了伞，平时，我的伞、写生架和写生椅都藏在里面。雨不大，田地里的大叔依旧在整理他的田地，伞下的画纸可以不被淋湿。即使是白天，也能听见虫鸣鸟叫，雨来了，也能听见雨声。天，确实有点冷了。

2015-11-04

今年的扁豆长势太好了，所有人都这么说。所有人都夸奖那位大叔的菜种得好，还天天不闲下来。大叔说："就像你们散步，我这也算是锻炼。"下午，大叔砍掉了路口樱桃树多余的树枝，然后又在松土。他挖一段停下来休息一会儿，重新开始的时候会吐一点口水在手心，齿耙和泥土又摩擦出沙沙的声响。下午的画画得很艰难。

2015-11-05

枯黄的杂草翻开是暖褐的泥土，种着些菜。

秋末的阳光晒得人舒服，好多菜叶泛着金光。种子在最开始发芽的时候看上去都差不多，之后就朝着各自的方向发展。今天田地里的人少得出奇，我还是来了，坐在杂草旁。两只苍蝇飞进了我洗笔的碗里，在它们还没有被淹死之前，我用笔头把它们挑出来，不需要太多停留，它们就飞走了。离我很近的草丛里有虫子在叫，但我看不见它们。

枯黄的杂草翻开是暖褐的泥土，种着些菜。

日

2015-11-11

易漕村的冬天从今天开始，阴雨，降温。

2015-11-13

大妈在我的画架后面整理菜，换句话说，我在大妈的面前画画，我们彼此专注得难得说几句话，只是在我收工时，互道再见。

常

2015-11-16

今早我和夏木走到珠宝店外，小妹们没有跳舞，不知是跳完了还是没有开始。我们又继续往前走，走到宾馆对面的长廊看擦皮鞋。

擦皮鞋的妇女正在擦女人的齐膝长筒黑皮靴，她俯着身，头围着皮靴摇来晃去，手中的毛刷卖力地擦，试图把皮靴的每一个皱褶里刷得和外表一样光亮。穿皮靴的女人显出自己的瘦长腿，靠着藤椅玩手机，她只需要稍微分出一点感觉，待擦皮靴的妇女轻拍她的小腿，然后换一只脚就行了。等她的腿感觉到没有东西在磨蹭的时候，她就知道鞋擦完了。

女人掏出口袋里的一张十元钱，收回了四元钱，就起身走了，我注意到她并不高，只是那双黑色长筒皮靴让她的腿显瘦，同时黑色暗花的连裤袜和中长款的米白色毛呢风衣也起了作用。她走的时候，注意到我和夏木一直在看擦皮鞋。她似乎想对夏木说些什么，但没有说出口，看上去还在回味手机里的内容。她走了，我们也走了。

虽然每天待在易漕村，面对断墙残楼和田地野草，但今天发现一幢二层的楼房被拆了，我还是觉得有点意外。春天的时候，我天天在这幢楼房附近画画，不时惦记着楼前几棵枣树何时结枣。楼房悄无声息就被拆了，人也走了，地里的庄稼长势还好。这让我有些紧迫感，觉得易漕村终究不会像现在这样看上去还算平静。

2015-11-17

大叔说："这段时间天天下雨，庄稼长得太慢了。"大妈说：
"狗日的。"

2015-12-03

有时，画的时候会想很多，有时画着画着就忘了想的这些，
最后只留一个直觉的画面给自己。好多画都未完成，都还
可以画下去，这些天都在画以前的画，艰难地改画。也不
知道好画在哪里出现了又被抹去，或者远远没有抵达。当
你无法满意自己的画时，就会怀疑自己的能力，这时就会
逼自己，往死角里逼，就像胸部不丰满的女人想弄个乳沟，
只有拼命地挤，偶尔会得到一个虚幻的满意。有时，你满
意了自己的画，那仅仅是因为你的认识理解不够，艺术没
有止境就是这个意思。

楼下的那条街从天一亮就开始热闹起来了，会一直到深夜。这几天正在开商品交流会，各种音乐声叫卖声混杂在一起，有时还有雨声。画家的快乐不是卖出一串羊肉串或一台榨汁机的快乐，也不是卖出一千串羊肉串或一千台榨汁机的快乐，画家的快乐很模糊，或许只是勾一根线条或涂一块颜色引发的快乐，一幅画的完成或许并不引发快乐。画家会对完成的画产生焦虑，同时对下一幅空白的画也产生焦虑，前者是因为对已知的不满意，后者是因为对未知的恐惧，我不知道其他画家是怎样的，我是这样的，我还知道德·斯塔埃尔、波洛克、贾科梅蒂也是这样的。

等夜深了，我会花十元钱去楼下买四串烤羊肉串，我吃两串辣的，夏木吃两串不辣的，肉是从店门口挂着的一只大羊身上现剔下来的，据说羊来自鄂尔多斯大草原。这时，我会感到快乐。

2015-12-30

霾得严重，所以就待在家里。

关心我的人会问我这一年过得怎么样，我说，还好，比以前好。具体地问我收入怎么样，我说，还好，比以前好。关心我的人就释然了。但是很多事情不好说，人越在乎某件事，这件事情就会给你带来越多的烦恼，对于我，这件事情就是画画。这一年画画占据了我绝大部分的生活，翻看今年的画，大概就可以看完我一年的生活。时间像疯狗，快得不能再快了，今年元月画的《楼顶花园的冬天》就像是昨天画的。画画给了我太多的焦虑和太多的平静，太多的挫败和太多的满足，一切都接受，没有什么可以埋怨的，唯有感恩。画家的成功是什么？说实话，我不知道，真正的画家是没有成功的，永远走在路上，永远爬在山间。但我有野心，我的野心不是参展，不是获奖，不是出书，不是拍卖记录，我的野心比这些都大——画一些多年之后自己还能满意的画。我要去往二〇一六年。真快啊，离朴树发行《我去2000年》已整整十六年了。

连续的几天雾霾，二〇一五年在易漕村的最后几幅画。大叔大妈还是在田地里劳作，一位大爷对我说："慢慢画，还可以画几年。"田地里绿色鲜嫩，感觉一直鲜嫩，感觉一切才刚刚开始。再见，二〇一六年见。

田地里绿色鲜嫩，感觉一直鲜嫩，感觉一切才刚刚开始。

二〇一六年

两棵树干被刷白的枣树

有阳光的时候，鸽子愿意在天空飞翔，小鸟愿意站在枣树上，我愿意沐浴在阳光下。画画好，画两棵树干被刷白的枣树，在生长；不画画也好，看两棵树干被刷白的枣树，如何生长。

樱桃树和无花果树，还有黄桷兰树，都被刷白了一截树干。白色是树多出的颜色，被刷白的树干好看，是冬天对画家的奖励。

早晨，柏油路面上洒水车留下的水迹还未干，阳光就洒下了，路面有银色的反光，路边高大繁茂的小叶榕树显得愈发浓黑，像宫殿穹顶，这样的景象不多见。我在路上，每天在这条路上往返。许多人也和我一样往返，每天。夏木考我："地球自己转一圈是多久？"我说："一天。"她说："对。"又考我："地球绕太阳转一圈是多久？"我说："一年。"她说："对。"说起来简单，但该如何去度过一天一年，漫长的一天或短暂的一年。人生在世时就会有许多轮回，比如，去年元月我在楼顶花园画画，今年还是这样。但实际上所有的轮回都回不去——那相同的景象、相同的情绪和所作所为。

这几天，好多次我都走在易漕村里，肥肥也第一次走完了我的易漕村，走过的还有小瓶子。一个雾气浓重的傍晚，我站在易漕村的荒草间，四顾茫然，后来我才发现废楼前的荒草边有一个黑衣人，站立不动，也四顾茫然。我们相隔十来米的距离，谁也没有动，后来我转身离开了，黑衣人仍然站立在那里，一动不动。我留给他背影，他留给我想象。所有能记下的只是一些情绪而已，没有宏大的叙事和完整的制作，就像我的画一样。我习惯了这样，只因为这样能让我感到快乐和安慰。

日

楼顶花园燃尽了的烧烤架

每次楼顶烧烤，曲终人散，当一切都收拾完毕后，只剩下烧烤架在黑夜里，一点点地燃尽，燃成黑白，像是一个完美的谢幕，有那么长那么长的过程。

花台边的两盆花

我不喜欢小清新，即使是画花。冬天还倔强开放的花怎么能够画成小清新呢？我好像看不见花的橘黄和叶的绿，我感受到的它就应该是冷的，和冬天的下午一样冷，骄傲着，不屑一顾。花台里的泥土也是这样，翻出来就摆着一张冷脸，什么也没种。

常

两个泡沫花盆

我从易漕村回到了楼顶花园，把自己局限在更小的空间里，就像一根绳子把香肠勒得更短一些，或许会更饱满一些，这样挺好的，但不多久就会炸裂了。

去关注一些寻常细微的事物，画出大的格局。

两个泡沫花盆，爸用来种些小葱或撒些种子，待发出嫩芽就移栽到花园里。好多年了，泡沫有些地方乌得发青发黑，有些地方还闪白闪白的，好像没有十分难看的东西，东西看久了用久了，有了温度，都舍不得说它难看，但人就不一样了。

池塘边的水勺

只是去发现，然后把最自然的存在状态画下来。这期间，爸用水勺舀过池塘里的水，放下的时候改变了勺的方向；爸还揪了一把红菜薹在池塘里搅洗，但水很快恢复了原样；水里的鱼悬浮在水中，很少游动。今日小寒，这室外的温度确实对得起这个节气。

插在花盆里的两把小铲子

就这样,手柄还带着手握过的余温,它们被插进了同一个花盆里。在冬天,那点可怜的余温很快就没有了,然后,只能你看着我,我看着你,和泥土一样冰冷,但不能像植物一样生长。

被塑料口袋罩住的瓷盆

塑料口袋罩住瓷盆,瓷盆是花盆,花盆里有菜苗,这样可以保暖。但塑料口袋不知道用了多久,已没有了塑料口袋的样子,灰扑扑的,硬戳戳的,少有光泽。我扒拉了半天也没有看出瓷盆里种的是什么菜,于是放弃了。

大盆套着小盆，更小的盆反扣在土上

塑料盆是最经不起风雨的，它会变得脆弱无比，大盆套着小盆也算不得结实，里面装点土，长点野草，也算欣慰。反扣在土上的更小的盆，纯属偶然，盆底有小孔，共十二个，比大盆的孔多得多。

白蔷薇和花台上的一粒松果、两个野果

白蔷薇在冬天开了。爸种花是有标准的，那就是开花要香，比如，栀子花、黄桷兰、茉莉花、腊梅、桂花。白蔷薇不怎么香，至少不会香来挂在胸前或是放在枕边，爸种它倒是个例外。只是它在冬天开得太惨淡了，清冷，惨不忍睹，毕竟开花了，也好。花台上有一粒松果和两个野果，是夏木在元旦期间爬山捡的，她说要送给奶奶。确实送了，很郑重地送的。只是奶奶随手放在了花台上，有六七天了，一直在那里，没变过位置。翻过的土块上还是有白色石灰粉，风也吹不散它们。

日

银杏树花盆里有颗蓝色海洋球

银杏树是从一颗白果长起来的，种在花盆里，在我读中学的时候就有了。中间搬过一次家，后来就一直在楼顶花园，恐怕有近二十年了。银杏树在花盆里长不了多大，不过枝干有可塑性，就被爸牵线固定做出了一些造型，各种扭曲穿插，也还可以折腾一番。花盆里有一颗海洋球，也不知道从何而来，估计也是有了夏木之后才有的，海洋球沾满了泥，已经乌蓝发脏。

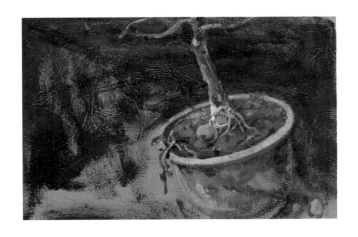

常

被两块砖头夹住的花盆

花盆里是桂花树，有近一人高，枝叶繁茂。楼顶风大，风一大，花盆就不稳了。曾经有一个花盆就是这样倒掉摔坏了的，所以花盆两边各放一块砖头是必要的。砖头一新一旧，一薄一厚，一完好一残缺，也就这样用在了一起，不用怎么讲究，能夹住花盆就行了，即使看上去只是象征性地靠在一起。

一根下水管

这是楼顶花园的角落，一根下水管，几块砖头，一方小花台，种些可有可无的蔬菜和一片四季常绿的老不死草。这里阴暗潮湿，但这里最自然，有野趣，看上去似乎更养眼。

寂寞的花盆

无论从哪个角度看，总能看见花台边有一两盆花，就那么一两盆，零散地摆着，寂寞着，它们不像花台里的浓密蔬菜那样聚集在一起。俯下身体，不经意地瞥去，它们仿佛在远去。

精致的花盆，粗糙的植物

有一些精致的花盆，原本种了些精美的花，放在室内，不过，总是养不活。于是，种些粗糙的植物放在楼顶花园，长期被忽视，却也无声无息地生长着，不显山不露水。

舞台上的树

其实，有时只需要些许阳光，有些树就会像聚光灯下的演员那样，熠熠生辉，只是在四川的冬天，这样的天气少得可怜。

泥土盛在花台里

泥土被大块翻起，撒上了石灰粉，像大块大块的食物盛在花台里。

被铁丝固定在墙边的花盆

墙壁上打了膨胀螺丝，带皮的铁丝把花盆固定在墙边，花盆不会倒，但也不太好移动了，不能像别的花盆那样有移动的可能，花盆里的植物也无法移动，只能接受来自一个方向的光、风和雨。

一块废木板和一块蓝色瓷砖

黄桷兰的叶子落在边角，和雨水、泥土混合在一起，腐败成泥，堆积了好多。老不死草凌乱地长了些，积水太多反而长得不浓密。一块废木板横在草上面，一块蓝色瓷砖靠着墙壁，靠着的地方有一个下水口，水可以流出，泥土和石头被挡在了外面。

常

一些腐败的叶子被扫起，堆在了墙角，黑得发亮。墙角的腊梅几年前还在花台里高大醒目着，剪枝后被移到了墙角的小土堆里，只是用砖头挡了挡土，现在就只能开少许清淡的花了。金银花的藤完全攀上了腊梅的枝干，如果在夏天，会感觉不到腊梅的存在。那个角落，别说是腊梅，就连金银花的存在都感觉不到。

大寒，有雨，寒更寒。前几天雨后湿润过又渐渐变干的楼顶花园再次湿润，湿了的水泥地面颜色变得很深，水泥地面上镶嵌的石头颜色也变深了，只有一些水的反光。树干上的石灰白经过几场雨的冲刷变得没那么刺眼了，翻出的泥土上的石灰也看不到了——是爸重整过泥土，种上了蔬菜。天气一冷，所有植物就都紧缩起来，只在自己有限的空间生长或者懒得长了，连水池里的鱼也游得缓慢，大多数时候，就沉在水里，像一根根红色的果冻条。

夏木在看一九八六年版的《西游记》里偷吃人参果这集，这也是我最爱的一集，这一集有人性里最柔软和最险恶的呈现。夏木玩橡皮泥的时候，我在看书，她让我陪她玩，说一个人不好玩。我说，我画画的时候也是一个人，其实一个人也好玩。她就自己去玩橡皮泥了。书里说，绘画不应该只是在墙上挂一幅画，绘画应该在空间中有所呈现。一幅画应该是抽象又是具象。要如一面墙一般抽象，也要如空间之呈现物一般具象。德·斯塔埃尔说的。我又想起了我的楼顶花园，现在，它就在我的头顶，只是我已经记不起它的具体样子了。

2016-01-21

翻出的泥土终于种上了蔬菜，只是一些耷拉着的小白菜，
不过，在暗色的泥土中仍显露着生机。它们零散地分布在
土里，毫无规律，好像是自己随便长出来的。我心想，像
爸这种讲究的人种菜不该是这样随意啊。

后来，我把泥土里新种的小白菜画下来了，一看，才发现
好有美感。

四月的楼顶花园

楼顶花园就像我的远方。我在我的楼顶花园走走停停，如果能坐下来，就可以开始动笔画画了。我觉得不管怎么画我都画不出一个完整的楼顶花园，但可以画出一个完美的楼顶花园。我希望画出的风景不仅仅是风景，不仅仅是花台、花盆、池塘、泥土、蔬菜、花草、树木，因为它们看上去那么真实却又让我觉得恍如隔世，它们各自的存在一定有自己的意味，而我想画出那些意味。我把画和文字一起展出是想给你们更多的线索，你们可以通过这些模糊的线索，去打开自己若隐若现的记忆。或许你能从我的楼顶花园看见自己的生活，这里面有令人愉悦的瞬间，忧伤的片段，似曾相识的往事，但更多的是一些细微琐碎、且如流水般无声无息的日常。但这就是我认为的完美，可以让人欲哭无泪的完美。

2016-02-08

大年初一，一家人在楼顶花园晒太阳，扯"贰柒拾"。夏木也有自己的乐趣，爬树，沿着花台边走，玩橡皮泥，吃甘蔗，把我夹在书里的钱翻出来数，还有就是把尿撒在花台边。翻钱的时候我可以顺便翻翻书，春天的阳光照到书上，"知与谁同？"

傍晚的天色是微紫蓝，高大的小叶榕树叶子浓密似剪影。

小区走廊里有了一张乒乓球桌，我是第一次和爸打乒乓球，他连续接漏了好几个球，连说自己的眼睛花了。他也有扣球的时候，如果赢了一个球，能看出他的喜悦。输一局钻一次桌子，爸输了没关系，因为有夏木帮他钻，夏木还特别喜欢捡球，像青蛙似的趴在地上跟着乒乓球跳，她比打球的还开心。

夜里，建设路两边的铺面大多关着，树上亮起了彩灯，在节日里，灯始终是主角，人们来来往往走着，如流水。夜深的时候，还是能依稀听见烟花爆竹声，这是春节的夜，应该如此。想起小区门口铺满了红色鞭炮的纸屑，今天保留着，一直没扫，真好。

日

一早，爸在楼顶花园对着一盆花发呆，阳光照在他的头上，头发已花白。我问爸去过犍为文庙没有，他说以前去过，进城中考在那里住过，里面没什么好看的。我也没有接着问下去，想想爸那时估计连肚子都填不饱，也就"没什么好看的"了（爸的父母和一个姐姐都死于饥饿）。

今天，虽然和亲戚在外吃喝，但一整天我可以和东坡兄在一起，可以安坐在麻将室的阳台上读东坡兄的诗词和刘小川的《苏轼，叙述一种》，相隔千年心系东坡兄，希望生命能更饱满，也希望"也无风雨也无晴"。从麻将室三楼望去，楼下人行道两边的小叶榕树枝叶连成一片灰绿海，不见道路，远处是灰色的水泥墙旧楼，开始有阳光，后来又隐去了，留下一片温和天光。看着天，越过光，又会想起远方的好友，可是，就是那些朝思暮想的朋友，见了面，我连一句完整的话也说不利索，有时傻笑有时沉默。离别后，有时，你们会出现在我的梦里。比如，我梦见我在你的浅山；比如，我梦见你写我信笺；比如，我梦见你突至我的家。然后，我还是把你们留在梦里，直到变成旧梦，直到有一天我们自然再见。已近黄昏，西边泛暖，但不易察觉。一天的过去，也不易察觉。"但远山长，云山乱，晓山青。"

日

植物的绿叶连成一片海，远处是隐约可见的废楼。

常

重读了王安石的《游褒禅山记》，"入之愈深，其进愈难，而其所见愈奇"，这就是所谓的深度游，游得有深度，所思所想有深度，收获才会有深度，但这是有难度的。相对于自然风景，我觉得现在的我更关注人文风景，因为它会让你"进愈难"，但若要"见愈奇"，唯有遇其难。"世之奇伟瑰怪非常之观，常在于险远"，而我理解的险远，并不一定是远方，它应该是一种发现美的能力，但发现身边的寻常美尤其难。我在易漕村和楼顶花园不断画画、挖掘，那是因为"人之所罕至"，"非有志者不能至也"。

今天的天气真像是过节的天气，昨天不像。昨天我穿过易漕村的时候，一路都闻到了胡豆花的香，有一块油菜地也开花了，看第一眼时，我就想画它。好久没有画画了，大概有二十来天吧。趁着今天的好天气，趁着今天的好兴致就画了一幅，有嫩黄有粉绿，也有乱枝和残楼，怎么画都绕不过易漕村的矛盾纠缠，就像元宵节怎么过都绕不过辛弃疾的《青玉案·元夕》。如果没有这首词，我们的元宵节会不会如同"你们眼中的阿尔卑斯山不过是在有熊出没的花园里，一根擦过肥皂的柱子，你们爬上去，然后一边溜下来，一边快乐地尖叫"这般肤浅？我们算是有福了，辛弃疾之前的人没有这种福气。

2016-02-24

雨下着，这是春天的雨。樱桃树准备开花了，刷在树干上的白也模糊了。画了一天，终于在天黑之前把心情画好了，其实最开始是越画越糟糕的，好在，我又画回来了。这就是画家的日常，美好总是躲在阴影的末端，你需要把那长长的黑暗走完，如果今天没走完就得等明天，今生没有走完就得等来世，所以吧，没办法，来世还得做画家。

当画家的好处，比如，你可以选择春天在野外工作，如果乐意的话，夏天秋天冬天也可以。

今天在易漕村画画的时候，有一位高瘦的大爷从我身边的田间经过，我看见他的大鞋外绑着塑料口袋。他停下来和我聊了好多。比如，他说我画的不是水粉吧（确实不是水粉，是丙烯）；比如，他说我画得比较意象；比如，他说他认识夹江的水彩画家陈重武，是他家亲戚。我说："你挺懂画的。"他说："艺术家都是相互吹捧。"然后给我讲了一个故事：梵高用画换饭吃，结果饭店老板不干，后来梵高死后，画被吹捧，升值了，老板很后悔。我对这些没有什么感觉，很平静地画完了画。

2016-03-01

枇杷树林边，又是一下午。鸟和猫狗弄得干燥的树叶发出声响，天空中飞过两架直升飞机和一顶动力滑翔伞，偶尔有人经过，无声无息的。

其实可以不画油菜花的。为了坐得离油菜花近一点，所以画了油菜花。画油菜花就是逃不开那些亮黄，其他的都一样。

断砖碎瓦上是一片羊角蕨，还保留着冬天的迹象，深褐暗绿，只有少数的几根卷着嫩绿长出来。上午的时候，这里刚好被一排废楼挡住了阳光，断砖碎瓦缝隙里的苔藓就很潮湿，所以一眼望去，这里只是一片植物，砖和瓦在植物之下。废楼窗口悬挂着一块破布，风一吹，它就在晃动，很多次，我以为是一个人站在窗边向我招手。

有风，枇杷树叶就哗哗地掉。枇杷树林把我笼罩在阴影里，漏下一些从空隙中透下来的光斑，这样，丙烯不至于干得太快，脸不至于被晒得太烫，眼睛还是要往明亮的地方看。一位婆婆在土地边松土，没干多长时间就回家了，临走前看了看我的画，说画得不错。也有经过我不看我画的，比如，昨天上午看见的一个男人，手提着什么东西两次经过我旁边。

2016-03-04

面对一片风景该怎样去画？比如，一块油菜地，绿色带黄；一块胡豆地，绿中有紫；地的中间有一条不甚分明的路，绿草和枯叶杂陈；菜地后有几棵树，树上挂满枯黄的藤蔓；近处的油菜地边有一棵樱桃树，白花正开，一半已被风吹落。比如，今天的我，心情不好也不坏，午后就安坐在风景前，画了近四个小时，一改再改，然后败兴而归，再改两个小时，最后还是不知好坏。想哭。这该如何是好？

面对一片风景该怎样去画？绿色带黄，绿中有紫，地的中间有一条不甚分明的路，绿草和枯叶杂陈。

连续好多天的晴好天气，今天下雨了，春天的雨时大时小。小区里，蚯蚓从花园里爬到了地砖上，全是一尺左右的肥长蚯蚓，足有二三十条。怕它们爬不回去，或被人踩死，或太阳出来后被晒死，于是，我把它们一一放进了花园里，而夏木不敢捉。虽说有雨，不过有伞，虽说有伞，但风吹得乱，雨有时来得让人措手不及，走在街上我们不停地调整伞的角度。

大叔大妈在田地里冒雨摘菜，只戴了顶草帽。有人打趣地说："下雨天也不休息啊。"大妈也机智，说："不卖菜，这城里人吃什么啊。"一幅画画了一整天，下过雨，这条土路湿滑不好走，一整天过往的人也不过十来个。村里的一个男人骑着自行车在大叔大妈的田地前停下来，说昨晚他家屋外有两只猫在打闹叫春，之后就感觉是两个人在叫春，他很确定，还给大叔打了一个电话。他们就这件事分析研究了很久。在田地，议论最多的还是关于搬迁的事情，大家也只是说说，每天照样耕种。一幅画画了一整天也不算满意，草丛多水，鞋全部湿了，回家得先换双袜子，画也还得再改改。

在大叔家院里的枇杷树下画田地，视线刚刚好。田地里铺上薄膜的泥土里，毛豆的嫩叶已经钻了出来，两侧种上玉米，只不过玉米苗被罩上了一次性纸杯，防止麻雀来啄食。纸杯有上百个，颜色不一，杯底被剪去，一一排开，这简直就是装置艺术。过路的人低头注意着脚下的稀泥路，大多和我擦肩而过，有路过的大妈眼尖，说："哇，真漂亮，这可以拿去卖钱了。"中午，卖完菜的大妈踩着三轮回来，满满一三轮车菜，只剩了一两斤芹菜。下午，我画完画，再到田地里走上一圈，雨后天清明，满目淡黄嫩绿。

前几天，大妈在烧荒，那是我冬天画过的一片荒草地。我经过的时候，大妈说把我画画的草烧了，我说没关系。烧过的草地留下一片黑色草灰。短短几天后，我去画它，草灰里生机勃勃，不是草，是些小虫，还有蜘蛛。没有烧到的荒草边有嫩草，荒草依旧枯黄，保持着本来的姿势。让我吃惊的是，有些过了火的藤蔓也保持着原来的姿态，甚至颜色。

界牌镇磁佛寺的毗卢遮那佛是瓷做的，高2.47米，身着千佛莲衣，明永乐十三年造，为世界第一大佛瓷。多次经过，今天第一次进去，进去了才知道，寺内有一株六十年的仙人掌，花期为农历四月到十月，想必到时会蔚为壮观。寺后不远是桃花山，昔日桃花节的热闹景象已不复见，山中桃花不多，李花倒清丽地开了不少。此时，李花渐谢，风轻吹，雪点漫天。找一个山间的空地，周围是李树、茶树和枇杷树，或坐或躺，都很舒服。我在一棵高大的枇杷树下躺着晒太阳，肥肥和雅欣坐在山间田坎上吃着零食，夏木穿一身白纱裙斜倚在一棵李树上，恬淡地笑，小檗则窜上窜下地欢喜。下午在鱼塘，她们钓鱼，我写生，塘边的一块油菜地已经开始由黄变绿。鱼塘的老板娘还记得我，说我好久没来画画了。我想最近一次应该是两三年前的事了。肥肥钓了三条鲫鱼，夏木还放走了一条，最后直接从水池里捞出六条，凑了八条提回家。晚饭当然有一道菜叫软烧鲫鱼。回家的路上，肥肥略带怒气地对我说："以后可画可不画的时候就别画了。"这和我的想法正相反，不画，什么都留不住，水的反光，风中的花香，树生长的模样和傍晚六点渐渐变暗的浮云。

常

2016-03-16

今天，有十来个人站在易漕村对着土地指指点点，其中一人扛着高高的测量仪，是该发生点什么事情了。锄地的大叔放下锄头去看个究竟，其他人继续做自己的农活，所以，不用担心，即使是要开发了，易漕村的大部分还是会保留下来的。

十几年前的柳江古镇还只是一个镇子而已，临水一条老街，有榕树。那年四月，我在那里写生，有一个班的人在那里写生，但在记忆里只是我一个人。我在林边画被阳光穿过的林子，一群羊就在不远处吃草，陪着我，一整天。还有槐花，槐花白花花的，挂满枝头，浓香腻人，十几年来挥之不去，从那天起，我就叫四月。而我并不出生在四月。

每天上午，楼下的家具店都会放一些歌，有时是《泡沫》，有时是《后会无期》，我只记得这两首。我在画画，伤神地画，仅凭一些光线、声音和妄想在画。我在认识这个世界。窗外的天空在变，有时阴，有时晴，有时阳光会照进屋里。我还是喜欢雨天，整个城市一片朦胧雾气，楼房和远山不分彼此，没有远方，只有眼前，眼前的画。

每天中午，爸早早地吃完饭回了家午休，随后，妈开始吃饭。她一个人在餐桌前无聊地吃，菜和牙齿摩擦发出唧咕唧咕的声响，有时她想极力掩盖，尽量咀嚼得慢一些，但也只是声音慢一些。然后她看电视，看到一点钟，准时关掉电视出门，去打一下午的牌。每天，几乎没有例外。这和我画画几乎没有什么区别。

常

有时画了一整天，什么也得不到，但，就是这样。应该是这样。

在重庆，火锅店开在防空洞里。两队热血青年在狭小的空间里厮杀，刀刀见血，招招要命。真美。在中缅边境，热血青年中了日本鬼子的一枪死在孟凡了的身边，战斗还在继续，背景音乐是李叔同的《送别》。真美。真美，我说的是这样的处理方式。画面也是需要处理的，处理成真美的样子，这样就能打动人。

或许，有时能打动小江，所以小江买我的画。有一天，她说从来就没有看懂过我的画，这让我感到难堪。但她还是一直买，她说，先买来放着慢慢读懂。

四月，和其他月份，其实是一样的，但那个叫四月的人会不一样。

那天早晨，我坐在花园饭店的自助餐厅，正对着窗外，餐厅里的音乐是轻柔舒缓的古筝曲。窗外有人经过，走到正对着我的角度，我就能看见这些人的正侧面。男男女女都有，女人们的胸虽然有不同程度的凸起，有大有小，但感觉都很紧绷。当然，这只是假象，只是由于内衣的作用，乳房被限制在一定的空间里，就像城市里的房子。

易漕村的樱桃树下围着一垄茼蒿，茼蒿开着橙黄的花，数只粉蝶在其中翩跹，大叔说这些茼蒿是用来蓄种的。穿着黑色长腿丝袜的流浪汉从一幢废楼里出来，我们在长满荒草的小道间擦身而过，他像一块沉默的黑石在移动。我看见那幢废楼房间的一角有一张黑色沙发，很明显是他坐过的，那里是他的家。在易漕村的废墟里走走，走在过去的人家里，从堂屋走到卧室，从猪圈穿到厨房。只是，现在碎瓦、断砖、烂木堆在地上，草长在房间里甚至墙缝中，成为了主人。把碎瓦踩得哗哗响，这样走一走就会觉得踏实，如果爬上一幢废楼，易漕村会有一种新的视觉呈现。有一片杂草地间开出了一小块土地，翠绿的玉米叶已经在苗壮生长。世界在这里苗壮生长。

一处三层楼房，十来间屋子，留下的东西很少。一件蓝色吊带的泳衣，三五只不配对的鞋，一张露出泡沫的床垫，几只碎碗，几张纸片，几块脏抹布，几包冲剂药，然后就是满地碎玻璃和碎瓷砖。二楼房间的墙上有题诗，厨房的灶台下有一只青花带"囍"字的瓷罐，可惜碎了，我把能找到的一二十块碎片全带回了家，仍旧拼不出一个完整的罐子。能带走的也不多。

2016-05-07

南方也有麦田，南方的麦田和油菜地紧挨在一起，麦田泛黄的时候，油菜地青中带黄。麦田在翻滚，只是少了乌鸦，天空也在翻滚，天空是蓝色的麦田。南方的天空大多是温柔的，翻滚着的只是内心的激动，或者说不安。

易漕村那幢楼房被拆只是一个多月前的事，我记得那户人家有人去世了，屋外排满花圈，树上挂着丧幡。之后不久便拆了。大叔在给屋外的枇杷树剪枝，不是因为别的，树枝旁逸，已挡住了玉米地。没拆的房子不多了，大叔说其实他们也签了字，只是细节还没有谈好。走进拆过的楼房，总有一种情绪在拉扯你，让你迈不开脚步，在碎瓦上走得越来越慢。我还是习惯每天去走走，心里踏实。

大多数时候，一天的情绪都在平静中偏低落，不过，单从画里看不出这些。

昨晚风雨伴着雷电，半夜起来关窗，窗外的世界变得可怖，但今天走在街头，除了十字路口的一棵小叶榕树被吹翻在路边，其他并没有什么变化。

世界并没有什么变化，翻滚着的终究会平静下来。

日

南方的天空大多是温柔的，翻滚着的只是内心的激动，
或者说不安。

楼对街的千佛大道正在新修，巨大的挖掘机把以前的柏油路面钻碎打烂，就像弄碎一些巧克力饼干。一整天，震耳的突突声伴随着我画画、午休，头痛还流鼻涕。杨浩村已经拆完了，千佛大道的两边将修万人小区，易漕村的进度还一直拖着，红色标语挂在砖墙上，白色曼陀罗就开在那面墙边。

夏木站在沙发的靠背上贴着墙壁走，仅仅几步就会掉下来，她面对的是《夜树》，滨江广场的夜树，那是一些略带遥远感的画。

家里的蚕开始吐丝结茧，有一只吐得头部发灰，尾部出血，最终没有结成茧，死去了。与此同时，有些蚕还在拼命地吃桑叶。今天把《我的团长我的团》看完了，这部四十三集的电视连续剧我看了近两个月，有时一天只能看半集，有时又中断了。中段有好多集平淡如流水，但真实的生活就是这样的，即使战争也不例外。每天还是画画，平淡如流水，任何职业都是这样，没有例外。一年前的今天，《一个果子》完成。八年前的今天，汶川大地震，那年，我二十九岁。《我的团长我的团》中，最后一个死，或活到最后都是幸运的。

蓝色是忧郁的。把易漕村画成"蓝得比乌鸦黑，难得竟这么黑"。画画最难的地方在于有时你不知道什么该完成，你也不知道它好还是不好。十四说她有时真羡慕学理工科的人，比如一加一等于二，找一万个人来问，都是等于二。不确定，这是画画迷人的地方，从感觉开始，到感觉结束。夏木听歌，听到《剪爱》，她说，想笑着哭。这是四岁小孩的感觉，有时感觉最准确、最直接。有时会莫名其妙地等一些无关紧要的东西，会觉得欣喜，比如，一场雨来或一朵花开。但是，如果你等的是成功，你知道的成功，那就有些无聊了。成功之后呢？看过太多成功以后的溃败，最后还是失败。所以，要提醒，要谨记，要永远走在路上。

蓝色是忧郁的。把易漕村画成
"蓝得比乌鸦黑，难得竟这么黑"。

常

2016-05-27

一定会有画到不知所谓的时候。三天改一幅画也不一定改得好。

蚕结茧十五天后，已有四只蚕蛾破茧而出，它们一动不动地趴在油菜杆上，等待交配，交配后它们会死去，没有交配的也会死去，有些也会死在茧里。会留下一些卵，这是新生。

2016-06-02

易漕村，望不到尽头的玉米地，目之所及，已是今年，又是一年。

昨晚，我们在小区的走廊上陪着夏木滑轮滑，她只能战战兢兢地小滑一段距离，仅仅是从我到肥肥的一段十来米的距离，当她滑向我时，我会故意退几步，让她在担心摔倒中多滑几步，但她不会摔倒。走廊外就是雨，好久没见过这么大的雨了，雨好像挂起的河，被风吹得东倒西歪，声音浑浊。天混沌，只有近处的树可以分辨形状颜色。这大雨让人兴奋，夏木说从来没见过这么大的雨，她四岁半了。回家就停了电，水也停了。黑暗里，我们就坐在临窗的藤椅上，夏木有时坐在肥肥怀里，有时又换到我的怀里，闪电时不时把我们的脸照得惨白，窗外就是一幕舞台剧，我们轮流唱歌，肥肥总是忘记歌词。夏木从藤椅上像青蛙一样跳到沙发上，她把距离挪得越来越远，但始终在自己的控制之内。后来，洗漱完准备睡觉时，就来电了。来电了，雨还没有停，只是渐小了，但我们又回到了一个平庸的世界。想象中，易漕村的残楼还在风雨中。

夏天的雨来得猛烈，阳光也猛烈，植物长得快，叶子闪着光。画中易漕村也闪着光，这光，我让它变得很微弱，但希望它深邃。画中易漕村没有人，我还是不习惯人出现在易漕村里，但庄稼是人种的，房子是人修的，即便现在残了断了，天也是人日日巴望着的，或雨或晴。还是画易漕村，最熟悉又最陌生，心里有一座村子，整个村子都在生长，有时候去村子里走走，有时候不去村子里走，就在脑袋里把村子过一遍，每一条路，每一个岔口，每一个需要抬腿迈过去的草丛或断墙都熟悉。

每天看书和画画交替着，看书累了画画，画画累了看书。刘亮程的长篇小说《凿空》，四百多页，一直是散漫的节奏，第三百一十页开始有一个小高潮，过了四十页又回到了原来的散漫，看完了，就觉得四百多页也不长，书被凿空了。

日

楼下的路还在修，先是凿路，埋管道，后来有一天压路机工作的时候，感觉整个楼都在震动，人坐在家里，身体就一起跟着震动。每天都有不同的机器发出声音，伴着画中的易漕村，但易漕村是安静的，因为人安静。

也不会去想画的观众是谁，就画自己的，画自己认为的画，把自己隐着。观众自己会来，在某一个适当的时候。我理解易漕村，你们理解我就好了。

2016-07-06

我发现，我对某个自己认同的事物会产生依赖，甚至有瘾。比如，每天早晨去同一家面馆点一两牛肉面，近十年不变，若不是某一天分量不变，价格突涨，可能还会更长。比如，面对易漕村在常人看来无可取之处的风景，同样的春夏秋冬画上个三两年。比如，去夏木阅读馆，天天去，下午去，晚上去，当然是看书，把达比埃斯和唐诺并置着看。那么，总有一天，吃面破万碗，画画破万幅，读书破万卷，什么都如有神了。

画中易漕村没有人，我还是不习惯人出现在易漕村里，
但庄稼是人种的，房子是人修的，即便现在残了断了，
天也是人日日巴望着的，或雨或晴。

2016-07-15

月亮把楼顶晾晒床单的影子投在蓝色地砖上，影子之外是明亮的。我和夏木轮流看，用望远镜望向月亮，可以看见明亮的球体，边缘尤其亮，有暗的斑点，是环形山的影子，也有的连成一片，像暗色的河流，但凝固不流淌。

三五米高的桂树被吊起，有十来米高，就像一个被吊住头发的人在空中小心翼翼地移动，然后放进一个事先挖好的坑里面，地上还躺着几棵桂树。银杏已经被安置好，一棵都有十来米高。这是正在修的千佛大道，行道树有桂树和银杏，传说中的银桂路。我每天都经过这里。

晚上从夏木阅读馆出来，看见一辆白色轿车的驾驶室里坐着一个穿白色连衣裙的女人，驾驶室的门开着，通过手机屏幕的亮光可以感觉她的面容姣好。苛刻的想法是，映亮面容的不是手机屏幕，而是月光或书。

过完整个八月，秋天才迟迟到来。易漕村的野草挤在一起，曾经的路已经不复存在，视线被挡住，断墙残楼只露出一角。田地里没什么庄稼，该收割的早已收割，虽说也是绿绿一片，但比冬天还萧瑟。枣树上没有枣，好多枣都在地上，又大又红，只不过已经变软，内部空洞，我总是错过果期。蚊子很多，比夏天的厉害。秋天的情欲慢慢变凉，每个人的生活中都有情欲的东西，羞耻心让人能够表达出来的情欲少之又少，有几段关于情欲的文字，能分享的人少之又少，但它们确实是美好的，就像夜空中隐匿的星星。

易漕村的野草挤在一起，曾经的路已经不复存在，
视线被挡住，断墙残楼只露出一角。

2016-09-03

十四说："不上班还好，上班还要赔钱，真不知道为了什么。"

她在电视台做节目，自己选题，自己掏路费，辗转奔波，熬更守夜，写稿编稿，错一个字还要扣一百五十元，弄不好，做期节目还要倒贴。我想，真是搞笑，这和我画画差不多了。

几场雨后，秋天就来了。易漕村的秋天湿乎乎的，可以拧出一把水。今天站在田地间画画，可以感觉到秋天，这是在家里无法体会的。

雨打在路面上就泛起光来，光来自路灯。树在雨中，像一把漏雨的伞，里里外外都湿了。坐在阅读馆，隔着玻璃都能听见雨声，靠近玻璃的位置自然会凉一些。雨如果不能停，明天我就不能站在易漕村的田地里。今晚选好位置，先画小竹林边的矮红砖墙，再画枣树边的残楼。最终，人还是要回到自己熟悉的生活中，和自己对话。

2016-10-08

寒露，易漕村的秋天，田间疯长的狗尾草已被连根翻出，堆在了田边。平整后的田地已经有绿芽冒出。扁豆和佛手瓜的藤靠着电线杆、电线和断墙爬上去又垂下来，像绿瀑布。黑狗爬上了一幢废楼的楼顶，老远看见我经过就叫，野草野花长成了山的模样，我再也不敢穿过它们，更别说爬上那幢废楼。

我熟悉的易漕村的秋天是美的，那些藤草长上破房又垂下，绿了又黄，地上的草也绿了又黄，菜叶一直绿。早晨有毛毛雨，雨停了就有云浮在天上。天气明显阴冷了，不戴帽子就不行了。

我熟悉的易漕村的秋天是美的，那些藤草长上破房又垂下，
绿了又黄，地上的草也绿了又黄，菜叶一直绿。

日

易漕村的田地里，大家做着自己的事情，今天的人真不少。像平常一样，我在画画；老王把一洼地的杂草除了，准备种红油菜，说豌豆不急着种；两块长条地已经覆好了膜，这是最能干的老陈那家人做的；再远一些，老李在种桂花树，他用三轮车运来的桂花树，他和媳妇一人扶树，一人填土，不过老李媳妇嫌树高了点，一直喋喋不休。在田地里，隔得再远，大家一说话也都能听见，老李说，等桂花开了，在桂花树边做活就享受了。一天很快就过去了，感觉一群人在一起画了一天的画或种了一天的地，我用笔，他们用锄头。都说晚些时候要下雨，可不，云积在上空不散，一层又一层。

2016-10-12

昨天晚些时候真的下雨了，下了一晚，到今早。小学生写日记是最没有必要记下天气的，除了春游秋游的那天，画家和农民就不同了。

我从衣柜里找出一些旧衣裤，当成了工作服，夏木用丙烯画上"木"字，以作标识，衣服的画在前胸，裤子的画在屁股兜上，以后写生就穿它们了，肥肥和夏木还要监督，一天要换几次裤子。

雨将停的时候就变轻了，像风一样无力地飘在空中，半天不着地。

仿佛是春天，除荒草，翻地，撒种子，给新发的茼蒿菜施肥。一位大妈说种茼蒿的人多，恐怕卖不出好价钱。另一位大妈搭腔说种油菜还不错，好几元钱一斤。割草的大妈开始心痛了，多好的猪草啊，可惜没有养猪。可养猪太麻烦，又赚不到几个钱。

"你说啥最珍贵？钱吗？地吗？家产吗？还是势吗？都不是。顶珍贵的是——人。"

树已不是本来的模样。藤蔓爬上树，绿了又黄，黄了又枯。下面的被砍去，上面的就成了树的一部分，不会生长也暂时不会消失。上午画得差不多了，下午去幼儿园开完家长会又去画了一个半小时，在家也待不住，在田间舒服些。

2016-10-14

田地边在讨论什么样的红薯又红又甜又好吃，大家都有自己的经验，说起来头头是道，最后落实到大妈今晚吃红薯粉蒸肉。

昨晚连夜把《人生》看完了。心绞得痛，很少有这样的阅读体验。

"可你把一块金子丢了！巧珍，那可是一块金子啊！""啊，巧珍，多好的娃娃！那心就像金子一样……金子一样啊……"金子发着光，可人在好多时候看不清什么是金子，因为其他的，银子、铜、铁、不锈钢、玻璃、煤渣，甚至一滩污水也会发光。生活中有太多光，五色令人目盲。

下午继续上午的画，后来雨下大了，挑着粪担从我身边走过的大叔说："雨大了，要被淋湿了。"几个大叔蹲在田地里整理菜。雨真的下大了，我和村民们几乎同时收工回家，都是靠天吃饭。

日

今天的天气太好，阳光温暖。最后一块荒草地被大妈清除，堆成山的荒草冒着白烟烧了一下午。雨后的蚊子飞得嗡嗡嗡的，缠在身边。画面中用了一点绿色，就变得不一样了，大妈说："真好看。"但我还是喜欢阴雨天，那种天气适合我。

2016-10-18

除草的大妈问我："天天画画厌烦吗？"我说："不厌烦，你们不也天天这样。"她说："也是，每天活路多，也不觉得厌烦。"

大妈家的一块红薯地让给另一位大妈割红薯叶当猪草，我画完画，她还没有割完。大叔说："七点，天就黑尽了。"大妈说："尽量割吧。"大叔开玩笑说："可不要把人家的红薯挖了哈。"大妈说："做人这点诚信是有的，人家让你割就已经很感激了，怎么可能挖人家的红薯，再说，今年挖了，明年就不会让你割猪草了。"大叔说："我是开玩笑哈。"大妈说："这点玩笑还是开得起的。"

田间，大家说起一宗夹江的凶杀案，一妇女被眉山几个网友骗了两万元，还被杀人灭口。妇女很胖，四十来岁，以前还在易漕村租房子住过，后来，易漕村拆了，就搬走了。那伙人太坏了，为区区两万元，谋财害命，这网络也有好有坏，那个女人也不是什么好货。

大妈说起自家的媳妇，没事还跑去健身房健身，不如来田里挑几桶水，瞎浪费钱。

大叔掀开薄膜，看看土地上的情况说："白露快到了。"这句话意味深长。

2016-10-20

头天，大妈把红薯藤割了，第二天，大叔就把地里的红薯挖出来了，红薯翻出来就躺在深褐色的泥土上，大家都来参观，说这红薯又大又漂亮。大叔也没说什么，呵呵了两声，但明显听得出来很骄傲。

大妈发现自家的毛角豆被人剐了一排，应该是夜里被偷了的。另一位大妈说有一年她的鸡被偷了六七只，其中还有七八斤重的大公鸡。我想，大妈的心里会安慰一些。

日常的诗意不过是那条通往田地的土路，田地里有蔬菜、杂草和新翻的泥土。枯藤挂在树上、墙上和已经看不见电线的电线杆上。裸露的房梁上，两只松鼠在跳跃，这是唯一的惊喜。背阴的台阶长满青苔，青苔上有枯叶和腐败的枣，向阳的门前被清扫过，门已关不拢，窗是一个大窟窿。

一位大妈连说"不值"，是指用自行车载一袋红薯，结果轮胎爆了，换轮胎花了四十五元。头发灰白的太婆蹲在地里把低矮的花花草草一根根拔起又点上豌豆，一整天就在十来步见方的土地上缓慢移动，像块灰色石头。我拍死了两只蚊子，更多的在我身边围绕，有明显的嗡嗡声。

2016-12-27

每年冬天都会画楼顶花园，每年的感觉是不一样的。在一个熟悉的地方寻找和在一个陌生的地方寻找是不一样的，就像一个你可以信赖的朋友，有许多话可以说，而不担心他泄露了你的秘密。

二〇一七年

卖水泥的地方很远，但刚好和肥肥修车的地方相邻。车没有修好，却买了一小口袋水泥，还提了小半桶沙，加起来也有大半桶，修车的师傅开车送我们回去的。我把大半桶沙和水泥抱进小区，抱上五楼，歇了五次。

我骑着自行车搭着夏木去青衣江边捡石头，车在不平的土路上颠簸，夏木觉得很刺激，她还分工，我捡椭圆的石头，她捡爱心形的石头。有爱心形的石头吗？不过，她还真捡到一个，反正最后的结果就是我捡得多，她捡得少，也装了一口袋回家。提上楼的时候，夏木说她要提，她提了一步，说提了一步就垮丝了。我提上去的，只用了一只手。

下午，我和夏木在拌水泥，她用水勺舀水，我用小花铲搅拌，她也用小花铲搅拌。她觉得搅拌意思不大，不过，往平整好的水泥面上摁石头，倒是蛮有兴致的，她是随便甩上去的。

水泥和沙石用完了，但东西没有做完。我说："我再出门买一些，我用自行车搭你一起去。"她说："你送我去夏木阅读馆，你自己去买，买完了接我，还在楼顶做实验。"拌水泥之类的，我们称之为做实验。我还在考虑时，她说："有什么好纠结的嘛，就这样决定了。"于是，就这样决定了。

我没有去买，肥肥去取车时顺便买的，买了一整袋水泥，五十公斤，从阅读馆门口提进阅读馆里，我歇了五次。

我们在楼顶把东西做完了，其实这个东西还没有做完，三天后，等水泥干了继续做。

农家乐、游乐场不见了，滨江广场拆得只剩下广场，遍地残墙断砖，人少得可怜，树也显得孤零。我和夏木把碎水泥块扔向几处大块的水泥墙，阳光照得人温暖。远处，滨江广场的不锈钢雕塑闪着光，像一只欲飞的大鸟，已被困住多年。楼顶花园更接近太阳，爸坐在藤椅上晒太阳，脸红眼微闭，整个人似乎放着光。

昨天，从峨眉山回夹江的路上，宋冬野的一句"让我再看你一眼，从南到北"，让我心一动。二〇一五年的夏天，长鹏开着车去往草原的深处，我靠在后排窗边，夕阳长影，想起匆匆一见就离别，只有沉默着沉默。

所以，还是喜欢阴天，还是喜欢寻常，没有那么多美好，就没有那多悲伤。

瓷砖的缝隙不过一毫米，瓷砖贴在垂直的墙面上，植物是智慧的，长得又精致又舒展，已然长成了艺术品，这是三年的时光。

今年坐着画画的地方在去年是一片油菜地，现在只剩下一地野草，没人去种，自然就荒了。易漕村今年没有油菜花了，有也只是零星的几株，是自然长出来的。看样子，真的守不住了，路已经从村边铺过去了。即使这样，那片野草地还有一些树和竹，也是我的乐园。就像昨天下午，阳光明媚，我和夏木在草地上画画，夏木说太阳晒着好舒服，还有鸟叫。她把一段枯树枝涂上了桃红色，插在了草地间。春天，能在自然里工作学习是一种福气。有阳光，画自然就变暖了。以前的残砖地长满蕨类植物，蕨类植物的颜色好看，从深褐、深紫到翠蓝、嫩绿，都有。断墙白色瓷砖的缝隙里也有蕨类植物。易漕村最多的是蕨类植物，其次是各种小野花，黄的白的，细细地开着。开了，就好了。对于画家来说，在阳光下画画就会觉得特别累，所以，我盼望着阴天，阴天也可以很温暖。

在夏木阅读馆的展厅，我和拾壹守在《再造楼顶花园》的装置作品前看风景，其实那就是楼顶花园的一个小角落，有嵌有鹅卵石的水泥地面，有老不死草，有杂草和枯叶，有泥土，生长和腐败。我们先是蹲着，然后是坐着，她的朋友也在，三个人三杯茶坐着聊天，《那些花儿》一直在反复。拾壹抬头看到的是我和二〇一六年的楼顶花园，我抬头看到的是拾壹和二〇一七年的楼顶花园，都是些朴实的风景，说些朴实的话，让人心静。拾壹说面对我很紧张，努力藏起她的搞笑性格，生怕说错一句话。但在这里，她可以面对一个真实的自己。拾壹带来了一盒她最喜欢喝的茶叶，还有一张卡片，手写的。

我抬头看到的是拾壹和二〇一七年的楼顶花园，
都是些朴实的风景，说些朴实的话，让人心静。

常

2017-01-26

石头挤在水泥里，石头也挤着石头，石头和水泥的缝里是尘土，经年的累积，大多数时候，石头和水泥几乎是一样的颜色，石头也不埋怨，只是默默承受，只能默默承受，挤进水泥的石头就是这样的。如果我坐在上面画画，鞋摩擦过的石头就会有玉石般的光泽。

日

大多数时候，石头和水泥几乎是一样的颜色，
石头也不埋怨，只是默默承受。

常

2017-02-22

雨打在树叶上，树叶落在地上，都有声音。枇杷树林间全是枇杷叶，也有来自高处细碎的水杉叶和不远处黄葛树的落叶。林里除了鸟鸣的声音，还有落叶的声音，春天画落叶，其实也合时宜。除了花落知多少，还有叶落知多少。每天去同一个地方，画不同的落叶，颜色一如既往，阴暗和性冷淡。

林里除了鸟鸣的声音，还有落叶的声音，春天画落叶，其实也合时宜。

常

2017-02-23

叶落在地上，画放在落叶上。

日

易漕村的一幢残楼拉起了棚子，陆续有人送来了花圈，有吹拉弹唱的声音。又有一个老人去了，这是三年来的第三个了。落叶归根，落叶归易漕村。

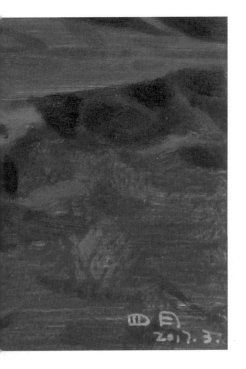

叶落在地上，画放在落叶上。

常

2017-03-03

一屋野草。曾经住人，现在住野草。人走了，野草一岁一枯荣。

2017-03-14

全部都签了，易漕村到处都在拆房子，就这几天的事情了。田地里的庄稼种得越来越少，有一丛油菜，玉米还在种，就像去年那样，覆上膜的土地，玉米苗已长出，被剪掉底的一次性纸杯罩着，防止被鸟儿啄食。夏天一过，等玉米收获了，就再也看不见这样的景象了，玉米地浓密的绿，泛着光在翻滚。田间有人拉起了鸟网，那是我们小区的门卫拉的，我从来不和他打招呼。有一次，看见我在鸟网附近的田间写生，他还让我换一个地方，说鸟看见有人就不飞来，我没有理他。后来，我故意就要去那里。鸟飞得多自由，即使我在那里也不畏惧。今天，在我脚下被拔出的萝卜堆里，有一只田鼠在啃食，我没有打扰它。经过搬迁的地方就会觉得失落，真的就快要不复存在了。画了四年的易漕村，真的就没有了，有的，都在画里，还有记忆里。因为心情，所以画得清心寡欲。

萝卜花开了，油菜花也开了，没有人太在意。萝卜被拔起，倒在田边，油菜也被拔起，也倒在田边。田边是新平整的一块地，种了些桂花树，树还很小，小往往意味着希望，我希望。

2017-03-20

最会种菜的大叔大妈家搬了，房子拆了，他们地里的菜依旧长得最好。搬的时候，我在她家看到一个实木小方桌，我说："我买。"大妈说："烂桌子，你要就送给你，何况，我们还是亲戚。"确实，算起来，我们还沾点亲。房子很快就被拆完了，白花花的墙壁露出来，特别刺眼。今天，我没有去画断墙，而是画了倒在地边的油菜杆，在往年，它们是不会倒的。

这个春天多雨，仿佛还是冬天。大妈说看见刚出叶的玉米尖发枯，怕是被冻着了，看着心里发慌。她说每天种点菜像是在混日子，特别是现在，她能感觉到劳作后的腰痛，这是年轻时候不能想象的。我在田间画画，自然想到了自己的老年。大妈在犹豫是不是再把豇豆种上，她姐说："麻不麻烦，还要插站子。"她说："就种二十来根。"房子拆了，地照样种，画也样照画。

易漕村的屋子里长草是一件小事，它毫无意义，草只是长在它应该长的地方，比如，没有屋顶的房间里，其实，只是一片荒地而已。但经过那个房间的时候，你不能忽视它，如果你有一些联想，这样的风景就会压迫你，让你心慌。

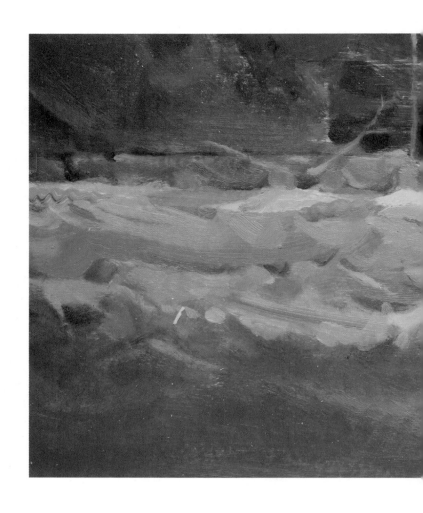

日

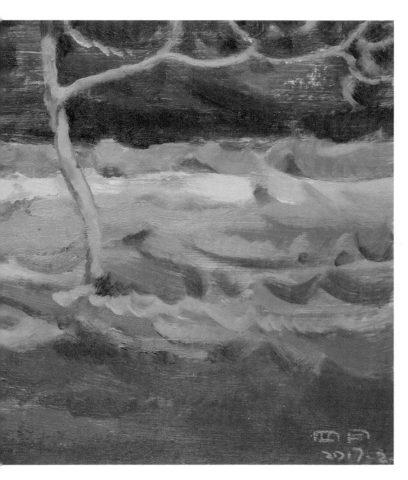

这个春天多雨，仿佛还是冬天。

我中午在外面吃一碗清汤抄手，大妈骑着一辆小三轮经过，和迎来的人打招呼，我埋头吃也听出是她的声音，她说去补种了点玉米和豆子。一两抄手，我吃得想哭，应该是昨天在外面画画吹冷了，牙龈肿痛，嘴巴张不开，更别说嚼咬东西，最后还是慢慢吃完了，后来头还拉扯得痛。吃过药，睡一觉，下午勉强画了两个小时的画，浑身不舒服。晚点，似乎更严重了，稀饭也喝不进去，冲了玉米糊，也只能一小勺一小勺地慢慢吞。倒在地里的油菜杆，希望画出来有痛感。

下午，大叔问我上午出来画画了吗，我说出来了。他说估计比较迟，他是九点多走的。

苦瓜苗一元五角一根，大叔买了四根。他说就种在四季豆边。但是，隔壁大妈还是劝他单独种。大叔还买了一些番茄苗。

听见大妈说，种得出来就吃，种不出来就不吃，也无所谓。

柜子的木门被人拆下来了，又没人要，我捡了去，今天画了一幅画，木门当成了外框。

2017-04-07

窗外是宁静的风景，也可以理解为忧郁。

我是每天走向同一个地方的人，坐在同一棵树下，面对同一处风景，画不同的画。我觉得，再小的地方，也需要去熟悉，和它建立关系，否则，只能是视若无睹。所以，每天，我还是迫切地走进易漕村，多年来，我还是走不出易漕村。最好的日子是阴天，微冷，有鸟鸣，画着。

龙头河边的房子开始拆了。

被推倒后，废墟会保留几天，各种人骑着自行车、摩托车、三轮车来废墟寻找自己需要的东西。一个男人抱着一个旧饮水机笑呵呵地走出来，几位大妈拖拉着木条、木窗、木檩，说手膀子都甩痛了，好多人都在把木头聚集在一起，拉回去当柴烧。我拿着一把一字改刀把窗扇从窗框里取下，我取了六扇，可以当画框用。拆完的废墟又很快被清理掉。

上午的时候，大叔在给牛皮菜浇粪水，就在我画画的旁边，奇怪的是，阳光下蒸发出来的粪便味道，不觉得臭，有种浓郁的黏稠阳光味。下午出门画画的时候，大叔说那枇杷树下凉快，有风。于是，我就去树下画画。大叔在给辣椒做站子，把细竹竿的一头削尖，插在泥土里。大家都说五月份这块地就会被征用了，要修一条路穿过易漕村。大叔说辣椒苗都长出来，就接着做下去，五月份辣椒也差不多可以吃了，万一被推了，也没关系。

常

这几天的菜都在疯长，一天可以蹿高五公分。菜太多了，也不值钱，白菜也就几毛钱一斤。

习惯了，每天在易漕村画上六七个小时。不必到处去采风，这样就挺好的。大妈说："你也够辛苦。"我说："就像上班一样。和上班不同的是，这班是自己喜欢的。"

收工的时候，就和地里还在劳作的大叔大妈说再见，她们一般会说，还早。

日

屋外有三棵高大的枇杷树。大叔说以前夏天经常在树荫下乘凉，前几年，枇杷树病了，长得就没那么茂盛了。现在的枇杷树被修剪了不少枝干，枯枝就堆在墙角。尽管如此，坐在下面画画依旧是件舒心的事情。

每天大叔骑车十分钟来地里劳作，我就在枇杷树下画画，枇杷树边上的两幢二层残楼就是他和兄弟一大家人的。我休息的时候就看他种地，他休息的时候就看我画画。我们聊得不多，比如，我从哪里毕业的，住在哪里，女儿几岁，他住在哪里，仅此而已。但感觉我们彼此很熟悉，毕竟每天相处在一起。

室外的温度高，我穿着短袖画画，大叔也穿着短袖挑水，地里的水分很快就蒸发完了，需要大量的水，大叔的扁担被磨得光溜溜的。

常

隔壁最会种菜的大叔说他家的几瓶农药被人偷了，并把每瓶的价格说给大家听。自从家被拆后，他就把工具放在有薄膜覆盖的偏屋里。对面一家的大妈气愤地说她家扁担锄头也不见了，该怎么办啊。她家的豌豆叶也在发枯发干，大妈忧心忡忡地经过刚拆了几天的自己家。

四月份，我哪里也不去了，就待在易漕村。不大的地方，越画越有感情，特别是听说五月这里会修条路，到时连废墟也不再有。

大叔对唠叨的大妈说："急什么急，即使明天推平都来得及。"四年来，他们几乎每天都来到自家的残楼，因为土地就在家外。

日

田地间，大家都站立着看。一幢二层楼房，一台挖掘机十来分钟就能把它夷平。

背着孩子的彝族妇女戴着棉手套在废墟里抽拉着钢筋电线，孩子在她背上睁大眼睛，也不哭闹，双脚随着妇女的弯腰起身而晃荡，像一个木偶娃娃。一旁种地的大妈说："挖掘机都还在挖，她就跑过去了，也不怕死。"很快，一位更强壮的彝族妇女提着长柄铁锤就在废墟上东敲敲西打打，很兴奋地和背孩子的妇女交谈。彝语，语速很快。

易漕村刚拆的残楼破房还在，有时我也进去走走。一张幸福温情的结婚海报躺在床板上，海报下压着的黑色胸罩露出一截；衣柜打开，衣物从衣柜拖拉出，散落一地；白色墙壁上有韩国某歌星组合的明信片和《还珠格格》的海报；瓦片中人体艺术的 DVD 封套，女人的手挡住了脸，露出丰满的乳房；一张胸部的 X 光片和同学电话通信录；席梦思床垫软塌在一间断墙屋里；白墙上一面有黄色木框的镜子。走进去，很久才能走出来。

看过规划图纸的大叔用手指着眼前的残楼和田地，说："这里会修一条路连接千佛大道，希望稍微迟一点，那么这玉米还能吃上。"大叔的背后是挖掘机在工作，淡蓝的远山连绵。

一大早收到十四的文字，我把它理解为一封信。十几年前，我们无缘无故地认识了，成为朋友，好像是因为丽江，后来还有王二。我们相隔很近，不过三十公里，却常常彼此遥祝，一年见面不超过五次，见面好多时候也是匆匆几句，有时还感觉是假十四。但是，有时候人的真往往是这种距离，彼此的生活成为彼此生活的参照。遥祝，问好。

四月：

因为距离的缘故，彼此发的图片和文字也成了唯一的对话与交流。不过有点滞后性罢了。这段时间零零碎碎地说着，可能是因为活得零零碎碎的，总不如你，有大块大块的时间活在易漕村。

近来你发了不少画作和文字，我只是看看，也说不上来什么，毕竟不是搞艺术的，没什么可说，说了也是胡说。但总会有心意相通的地方，所以还是有丝丝的期待。就像那次夜游，无心看景，也有失望。其实我也一样。

常

最近接触了一些画家和文人，年纪大的说话少了咄咄之气，但还是能听出那点引以为傲的强势，中年人则自命不凡，嘚嘚半天，恨不得帮我洗脑，我只有傻笑，不说话。一是因为我确实不懂绘画艺术，哪怕心里不服，嘴上也蹦不出啥子道理予以还击；二是，觉察到了无声有趣，我不说你不能逼。我和你是不是认知上的同类？你猜，嘿嘿。

左边讲理论的中年人说，绘画的审美最高境界是数学，右边搞了一辈子绘画实践的老头子边画边"啊呸"。你说对于一个学生时代数学常常不及格，又不懂美术的我来说，能讲出啥道理？所以当有人口沫横飞跟我讲毕加索的画就是美时，我只能偃旗息鼓，对不起，审美无能。

所以，艺术的事，实质上没什么好交流的。正如四月你画你的易漕村，什么时候画，画什么，怎么画，画时想什么不想什么，等等，是以自我思想为中心的，不以外人意志为转移。

日

而作为朋友，我只需要通过朋友圈知道你的近况，足矣。或者，能从你的画作中联想到什么，那也仅仅是以"我"为出发点的联想，也谈不上交流的意义。

值得欣慰的是，我们都还活得不错。你每天有景可画，我常常有故事可写，彼此身心健康。如果有时间相遇，再闲谈聊到画或者其他，那又是另一封书了。

无声处亦有情谊，想来你是知晓的。

遥祝，问好。

十 四

两层楼房的废墟在慢慢变矮。一大早三个彝族妇女就拿着长柄铁锤在敲打混凝土,抽取里面的钢筋,闷响的声音回荡在雨后的清晨。似乎敲打得很费劲,每次敲打混凝土都剥落得很少,细小水泥块溅落在我的脚边。一旁的三轮车边是三个彝族小孩在玩耍,最大的也不过六七岁,说着含糊的话,脸上总有洗不净的脏颜色。

房子拆了视野就显得开阔些,路也容易分辨。曾经私密的房间如今敞开着,我总想着走进去看看,也不过是一些遗弃的沙发、床垫、桌子、柜子、罐子,还有旧的鞋,带不走,也不想带走了。墙上有一些印记,几张奖状或一张过期的年历。

踩着瓦哗哗作响,觉得踏实,就觉得还踩在易漕村上。

大叔说:"那棵枇杷树今年不结果了,它也想去死了,也活了几十年了。"

似乎是离最后告别的时间越来越近了，房子都拆了，土地还在，所以都不甘心，不甘心的还有我。今天的易漕村显得特别忙碌。大家在地里浇水施肥，种最后一季庄稼，巴望着玉米还能收成的同时聊些关于易漕村的是是非非。

上午，大叔坐在我身后的砖头上，剥胡豆。之前他是在地里剐胡豆，他说剥完才回去，自己吃也不去卖，拿回去煮好，小袋小袋地放冰箱。他的电话响了两次，都是他婆娘打的，因为他的语气都很凶。第一次，他说他在剐胡豆，让婆娘买点白菜种子来撒。第二次，婆娘叫他回去吃饭，他说胡豆还没有剥完，不急。然后对我说，饭有什么吃头，就一小口饭菜，剥完再回去。

我和大叔聊了很多，社会、政治、生活。他说，他不会像最会种菜的大叔大妈那样，太辛苦，钱就是一个数字，有吃有穿就好，最重要是身体好。

中午，大叔先我走，我走的时候，他的婆娘来了，我看见她在空地里撒种子，是白菜种子。

下午，我去的时候，大叔的婆娘在上午大叔的位置剥胡豆，也和我聊天。她也属羊，她说属羊的性格温和，我同意。她说我恐怕一年到头都在画画，我也同意。她惊讶我辞职画画，我说做自己喜欢的事情，她也同意。

大叔的婆娘把胡豆剥完，大叔就来了，他去接孙子放学了。大叔的婆娘回家做饭了，大叔又去地里剐胡豆，继续剥。下午，我和大叔的话都不多，他说我的画画得不错，可以不画了，我说还需要改改。我回家吃晚饭的时候，大叔的胡豆也快剥完了，我先他回家了。

剥胡豆的声音是轻微的噼啪声，胡豆有香味。

踩着瓦哗哗作响，觉得踏实，就觉得还踩在易漕村上。

最会种菜的大叔大妈在一天最热的时候——下午三点，在地里插站子，豇豆就快攀枝了。大叔上午平整了一块地，下午在种玉米。

在这之前，他们都去村里开大会，他们都看不惯装腔作势的人。据说有几亩地被村上租出去了，而租出的人说没有收一分钱，鬼才信。他们准备告上去，另一个村叫在古村的，就因为有人私吞八万元，被告发，人被抓去审问，钱悉数退回。

从那道拱门进出的有一个人，穿着捡来的衣裤，手中经常拿个编织袋，那座残楼是他住的地方。大叔说，他是宿漕村的，喜欢自在生活，就从家里出来了，每天捡点破烂卖，有时一天也有几十元的收入。

大叔家的枇杷树不结枇杷了，而村口一家屋外黄澄澄的枇杷挂满了枝，但那家主人却病了，病得还不轻，我看见他的脸消瘦得像骷髅，听说是肺上的病。他家的楼拆后，我就再也没有见过他了。

日

最会种菜的大叔用了两天时间把豇豆的站子做好了，路过的人无一不在称赞他的手艺。

在易漕村，对于勤劳，大家都表现出一种谦虚的态度。凌晨五点来地里的说要向凌晨四点来地里的学习，凌晨四点来地里的说是被凌晨五点来地里的精神打动了。

今天，一辆挖掘机推平了两幢残楼，前后就是二十几分钟的时间，其中包括最会种菜大叔家的房子。挖掘机走后，大叔把一些砖头搬开，平整出一块地，好让装菜的三轮车通过。大妈在路口整理一些豌豆。路过的人都会问问怎么推了，什么时候推的，大妈都会一一应答，有时会提到推了就亮堂了。有一家人在自家的废墟里找一把手电筒，后来找到了。

五月三十日，开发商就会进场，这是大家都知晓的事情了。前段时间种菜的热情似乎一下子就弱了些，大家盘算着哪些菜还能种得来吃，于是，豆子也不用种了，玉米估计也结不来吃了。说是说，不过大家也还继续干着活。退一万步，推了就算了，万一还能拖些时日呢。

常

我问大叔："以后不种地，会不会不习惯？"他说："不种就不种了，也习惯，有养老金，每天去走几趟千佛岩。"但是，一直要等到地也被推了，他们才会死心不种地。现在的他们在种最后的地。

大妈用三轮车载着一棵树，说："房子没有了，拖一棵树回去种上当念想，树也有几十年了。"被推倒的树也不少，枇杷树、桃树、樱桃树，等等。有一位大叔来挖了一株夜来香回家栽。

路口有两棵樱桃树，一棵已挂满红樱桃，另一棵因为之前被扁豆藤缠满，今年也就没结樱桃了。如今，结不结也不重要了。

路过的大妈在路口说一条狗。那条狗在自家主人的废墟上待了十来天都不肯回家，挖掘机来了，它就吓得躲开，挖掘机一走又守着废墟。路过的大妈看它可怜就给它送点饭菜，后来就收养了这条狗。

天阴沉，晚上下起了雨。

最会种菜的大叔用一团白线绕着站子缠线，形成几道立体的网，大家说可以网麻雀了。

猛然看看道边的树和草，绿得是夏天了。

大妈把地里的卷心菜砍掉抛在一旁的肥料池边。田地里种有桂花树苗，不足一人高。大妈说，以后赔款会多得一些，一株二十五元。易漕村的果树都会赔，比如枇杷树、樱桃树，挂果的一株几百元，没有挂果的一株几十元。杂树就不管了。前不久，易漕村一棵黄葛树卖了两千五，被拉去了汶川方向，听说一转手就能卖五千。 出门半个月，回到易漕村还是一片平静，植物在生长，废墟固定在土地上。整理了四年来关于易漕村的文字，有七万多字。

常

小区和易漕村相隔的红砖墙上，那道小门被封了，封门的红砖是从易漕村拆迁的废墟捡来的，看上去和墙上之前的红砖有别。如果我再去易漕村，就需要绕道了，沿着红砖墙的上沿还能看见易漕村残楼的断顶，但感觉，我和易漕村已经相隔很远了。

常

我和易漕村已经相隔很远了。

图书在版编目(CIP)数据

日常：易漕村四年／黄勤著.—桂林：广西师范大学出版社，2019.6

ISBN 978－7－5598－1626－9

Ⅰ.①日… Ⅱ.①黄… Ⅲ.①散文集－中国－当代 Ⅳ.①I267

中国版本图书馆 CIP 数据核字(2019)第 032171 号

出 品 人：刘广汉
责任编辑：阴牧云
助理编辑：谭思灏
装帧设计：王鸣豪

广西师范大学出版社出版发行

（广西桂林市五里店路 9 号　　邮政编码：541004
网址：http://www.bbtpress.com）

出版人：张艺兵

全国新华书店经销

销售热线：021－65200318　021－31260822－898

山东临沂新华印刷物流集团有限责任公司印刷

（临沂高新技术产业开发区新华路 1 号　邮政编码：276017）

开本：787mm×1 092mm　　1/32

印张：9.5　　　　　　字数：157 千字

2019 年 6 月第 1 版　　2019 年 6 月第 1 次印刷

定价：78.00 元